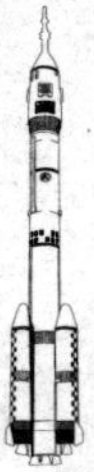

姜堰院士

周桐淦　子川　赵翼如　傅宁军　姜琍敏　著

陈中华　郑桂发　主编

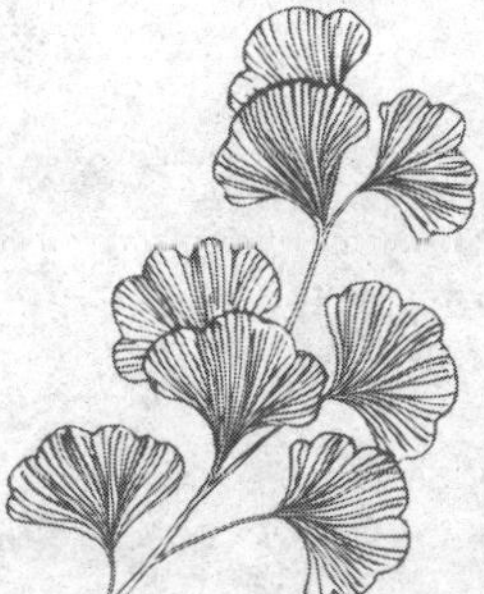

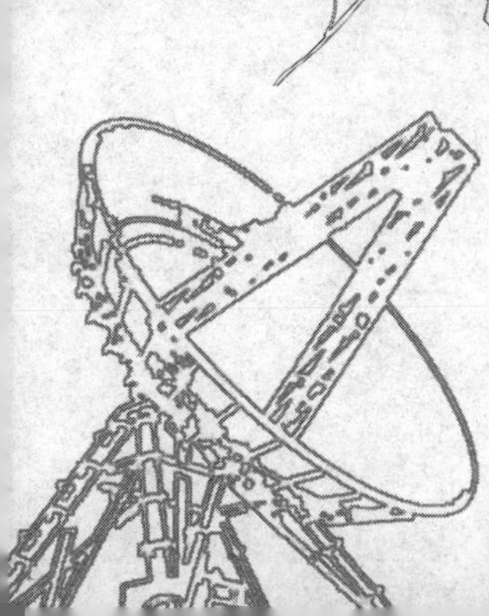

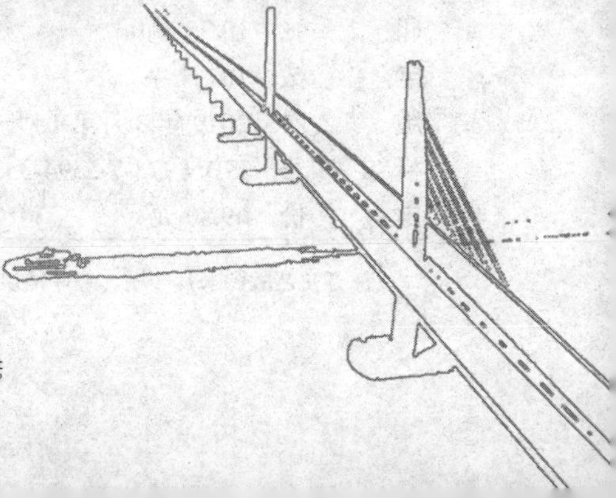

江苏凤凰文艺出版社
JIANGSU PHOENIX LITERATURE AND ART PUBLISHING, LTD

图书在版编目（CIP）数据

姜堰院士 / 周桐淦等著. -- 南京 : 江苏凤凰文艺出版社, 2019.3（2023.7重印）

ISBN 978-7-5594-3425-8

Ⅰ. ①姜… Ⅱ. ①周… Ⅲ. ①纪实文学－作品集－中国－当代 Ⅳ. ①I25

中国版本图书馆CIP数据核字(2019)第041059号

书　　名	姜堰院士
著　　者	周桐淦等
主　　编	陈中华 郑桂发
责任编辑	唐　婧
出版发行	江苏凤凰文艺出版社
出版社地址	南京市中央路 165 号，邮编：210009
出版社网址	http://www.jswenyi.com
印　　刷	三河市双升印务有限公司
开　　本	880mm×1230mm 1/32
印　　张	10.25
字　　数	167 千字
版　　次	2019 年 3 月第 1 版　2023 年 7 月第 2 次印刷
标准书号	ISBN 978-7-5594-3425-8
定　　价	69.80 元

《姜堰院士》编委会

序

姜堰，江水、海水、淮水曾交汇于此，历史的演进变迁赋予三水之城以奔腾不息、奋进不止的沿革传承、城市特质。

触摸着时代的脉搏，姜堰这座历史悠久、人杰地灵的三水之城，在发展的征程中不断开创新的辉煌。经济社会健康发展，综合实力日益增强，民生幸福显著提升，获评国家生态文明建设示范区、全国绿化模范区、国家卫生城市、全国中小学校责任督学挂牌督导创新区、全国社会治安综合治理先进区、全国科技进步先进区等，跻身全国县域百强、全国综合实力百强、全国科技实力百强、中国最具投资潜力中心城市百强行列。如今的姜堰，高质量发展已然起势，高水平全面建成小康社会指日可待，建设“强富美高”新姜堰的美好蓝图正在成为现实。

回望历史，一代代英才俊杰在姜堰大地上熠熠生辉，如明代“泰州学派”的代表人物王栋，清代“棋圣”黄龙士，刘氏兄弟武状元，现代京剧大师梅兰芳等。新中国成立以来，姜堰更是人文荟萃，英才辈出，仍然活跃在军地科研一线的现职院士就有6名，数量列全省县(市、区)前列。

在中国乃至世界科技发展领域，一位院士就是一颗星辰，李德仁、杨元喜、缪昌文、李德群、曹福亮等两院院士，是姜堰人民心中闪亮的、引以为豪的星辰。他们虽然出生背景、生活经历、工作岗位各有不同，但以自己的智慧和力量，共同为民族振兴和国家强盛作出了重要贡献，成为姜堰人民的骄傲。现在，我们以报告文学的形式，将他们不平凡的人生经历和工作成就，形成文字，汇编成书，这是一件很有价值、很有意义的事。

党的十九大报告指出，要以培养担当民族复兴大任的时代新人为着力点，强化教育引导、实践养成、制度保障，发挥社会主义核心价值观对国民教育、精神文明创建、精神文化产品创作生产传播的引领作用，把社会主义核心价值观融入社会发展各方面，转化为人们的情感认同和行为习惯。报告文学集《姜堰院士》一书生动反映了姜堰籍院士的社会主义核心价值观。学习院士，就是学习他们坚定的马克思主义政治信仰，坚持以习近平新时代中国特色社会主义思想为指导，坚定“四个自信”；学习他们建设中国特色社会主义的崇高思想，积极参与伟大实践，为建设“强富美高”新姜堰做出应有的贡献；学习他们报效祖国，追求真理，探索创新，严谨细致，勇攀高峰的科学精神。该书的出版，具有存史、资政、团结、育人的社会作用，为开展社会主义核心价值观教育提供了生动教材，必将为姜堰高质量发展注入强大的精神动力。

衷心祝愿院士们家庭美满、幸福安康，在科技发展的更新更高领域中，创造更加璀璨夺目的业绩！也热切期盼更多的院士、俊杰竞相涌现，展示时代风采，谱写人生华章！

是为序。

李文飙　中共泰州市姜堰区委书记

2019 年 1 月

目录

测绘天地人生，遥感科学前沿

——记『五院』院士李德仁

● 子川

李德仁院士

李德仁简介：

李德仁，男，1939年12月31日生于江苏泰县溱潼。武汉大学教授、博士生导师。1991年当选中国科学院院士，1994年当选中国工程院院士，1999年当选国际欧亚科学院院士，2018年当选国际宇航科学院院士。1963年毕业于武汉测绘学院，1981年获该校硕士学位，1985年获联邦德国斯图加特大学博士学位，2008年获瑞士苏黎世联邦理工学院名誉博士。曾任武汉测绘科技大学校长、中国测绘学会理事长、测绘遥感信息工程国家重点实验室主任、湖北省科学技术协会副主席，现任武汉大学学术委员会主任、地球空间信息技术协同创新中心主任、武汉市科学技术协会主席。

李德仁是国际著名的摄影测量、遥感、地理信息学家和教育家，活跃在对地观测领域的战略科学家。在地球空间信息学的理论创新、集成创新、协同创新方面取得了杰出成就，为国家安全、经济建设和民生服务做出了重大贡献：提出了误差可区分性理论，解决了一个测量学的百年难题；创立了用于粗差检测的“李德仁方法”；率先提出“3S集成”理论与方法，在国际上率先提出和建立了空间数据挖掘理论，建立了地球空间信息学的理论框架与技术体系；组织协同创新，攻克天地一体化对地观测数据集成处理关键技术，成功应用于国民经济、国防建设、民生服务和重大应急工程，推进了数字地球、数字中国、数字城市和数字文化遗产建设；推动我国定位、导航、授时、遥感、通信(PNTRC)天基信息实时智能服务系统一体化建设，推进军民深度融合，创造空天信息万亿产值。长期在教育战线工作，共培养博士200余名，为我国培养此领域高层次人才做出了突出贡献。

荣获国家科学技术进步奖(创新团队)1项、国家科技进步二等奖5项(其中4项排名第一、1项排名第二)、国家教学成果二等奖2项(均排名第一)、何梁何利科学与技术进步奖1项。2012年，国际摄影测量与遥感学会授予他“荣誉会员”称号，这是国际上该领域的最高荣誉，全世界仅有10人享此殊荣。

引言

去武汉大学采访的归途，高铁上，抓起李德仁送给我的《空间数据挖掘理论与应用》乱啃一气。不好啃。书中绝大部分内容都在我的知识边界之外。却让人兴奋，有一种越界的快感，这快感，刺激也激励着我。回到自家书房，一边回放采访录音，一边在一片陌生的知识原野跋涉，似乎漫无目的，又有一种面对无限丰富而来不及采撷的欣喜。

人生，打开窗户与不打开窗户，真的不一样。一个人，能看到的风景永远少于看不到的风景。采访李德仁，为我打开了一扇未曾开启过的门窗，我看到了前所未有的风景。很兴奋，也多少有点沮丧。那是因为知识的无限丰富性，让人联想到生命的有限，人的渺小。庄子曾说“吾生也有涯，而知也无涯，以有涯随无涯，殆已！”。今天，在信息大爆炸的时代，“有涯”与“无涯”之间的关系，又反方向撕大了许多距离。

真是沧桑巨变！今天知识的边界与获取知识的可能，显然不是庄子的想象力所能想象:计算机以高速计算为中心,把软件从硬件中剥离出来,促进了信息传播的“电子化”与“自动化”。互联网以网络为中心,把计算机相互关联,突破了信息的局部限制。移动通信以用户为中心,让机器紧随用户运动,解除了物对人的束缚。物联网以应用为中心,自动识别物体,实现了人与信息的互联互动。云计算以服务为中心,通过整合专业技术,优化资源配置;大数据以数据为中心,在全体数据中挖掘知识,突破了样本的采样随机性……

这些科技的进步与应用,直接导致了什么?说来有点像反讽,直接导致:人们对空间数据的解析能力远远小于空间数据的生产、传输和累积能力。因而产生了这样的悖论:数据过量而知识贫乏。面对持续增长的海量信息与数据,而人们事实上已经没有时间和精力来面对这么多由“计算机”“互联网”生产出来的数据和信息。

有分析数据表明:有史以来至 2003 年,人类共创造了 5EB 的数据。在先秦,在诸子百家思想高度繁荣的历史时期,有多少数据容量?没有人精确统计过,可以想象,那时的数据量应当不是很多。即便如此,庄子依旧会发出“生也有涯,知也无涯”的感慨。今天,据统计,2011 年一年中所产生与复制的信息总量超过了 1.8ZB。请注意!数量单位 1ZB

（Zettabyte 十万亿亿字节）＝ 1024 EB。预计到 2020 年，全球数据使用量将达到 35.2ZB，需要 376 亿个 1TB 硬盘来存储。以上说法和存储单位对专业以外人群也许不那么直观。举一个直观的例子：发现"上帝粒子（希格斯玻色子）"的欧洲大型对撞机（LHC）每秒产生大约 700MB 的数据流，仅 2012 年就存储了 26PB 的数据，如果把每年的数据装入光盘叠加成塔，高度将是珠穆朗玛峰的 2 倍多。

这还只是某个单项、单年度的数据量级。空间数据海量且以几何量级增长，导致大量信息相互遮蔽，加之许多信息自身"内容残缺、精密有误、重复冗余、格式矛盾、类型不同、结构不一、尺度不同、标准差异、过时失效、错误异常、动态变化、局部稀疏……"等等，已成为有污染的数据，且互为污染源。

当海量信息遮掩一切，面对信息大爆炸所造成的另一层意义上的环境污染，灾难！这个词汇，像一个急剧推到眼前的巨大特写镜头，一个迎面而来的撞击，令人心旌摇震。

这就是我们身处其中的世界。我们是不是该"遥感"一下这世界到底怎么了？我们怎么才能找到合适的对策与方法？正如我们希望经济发展不致污染环境一样，科技进步是不是也要尽早防止并尽量减小高速增长的负面值?!

那么，我们的未来呢，会不会被大量数据信息（包括被污染的信息）掩埋?！我们当下迫切需要正视的是不是如何祛除遮蔽？是不是亟待寻找方法与途径过滤筛选我们所面对的庞大信息，从中简捷地找到有用的知识与信息。

置身于这样一个大的时代坐标，梳理我的采访记录，审视测绘、遥感、“RS，GNSS，GIS”等等，似乎都有了学科之外的意味。由李德仁创建的“李德仁方法”，由李德仁在国内首先提出的“三S集成”，还有“天基信息”“地球空间信息科学”“卫星互联网”“空间数据挖掘理论与应用”等等，也多出了诸多意味深长，似乎不能单纯用“科学”二字一言以蔽之。我猛然发现，原来这个生于1939年的五院院士，不仅有着年轻人的锐气与朝气，还是一个有着浪漫主义色彩的“诗人”。李德仁最明显的特征是：不满足于既有的学识与成就，他喜欢不断地拓宽学科边界，在讲究细分的科学和学科面前，他似乎更注重于整合。而整合本身其实是一种文化或诗性的思维。

采访李德仁，给我上了生动一课。“学海无涯”不错，然而，一个勤勉的人，一个进取的人，一个始终瞄准前沿知识的人，必将取得常人不能取得的成绩，铸造常人难以企及的辉煌。

如同我们面对世界庞大信息的困扰，我手头也有李德仁的许多著述，通过阅读、网络检索，梳理了许多资料，采访录音也由语音变成了文字。我沏了一杯杯茶，在书桌前思来想去，如何入手描写我的采访对象并把他真实生动地呈现给读者？一直在困扰我！

李德仁首先是一个摄影测量与遥感学家，德国斯图加特大学博士，瑞士苏黎世联邦理工大学名誉博士。他的名字后面缀有一串符合他学术成就与身份的头衔：武汉大学教授，博士生导师，中国科学院院士，中国工程院院士，国际欧亚科学院院士，美国纽约科学院院士，国际宇航科学院院士，武汉大学学术委员会主任，测绘遥感信息工程国家重点实验室学术委员会主任，中国测绘学会理事长，武汉“中国光谷”首席科学家，国际摄影测量与遥感学会名誉会员。历任全球对地观测卫星委员会中国副主席和一体化全球观测战略伙伴关系联合主席之一，亚洲地理信息学会创会会长，国家有突出贡献的中青年专家，国家 973 计划专家顾问组成员，国务院学位委员会评议组成员，国家自然科学基金委员会学科评议组成员，国际摄影测量与遥感学会第 3 委员会主席（1988—1992）和第 6 委员会主席（1992—1996），测绘遥感信息工程国家重点实验室主任，原武汉测绘科技大学校长……

沿着李德仁的学术道路，从测绘，到遥感，到三 S 集成，再到地球空间信息学，似乎从几何学开始，借助现代科技的翅膀（遥感、计算机、网络、移动）飞到了信息科学，从单一学科走向多学科交叉集成的新学科，并正在建树新的建筑于跨学科之上的学科理论体系。李德仁从测绘、遥感出发，始终走在科技创新的前沿，始终面对严峻的现实，一步一个脚印，走到今天。而今天，李德仁所追求的则是在无限大的空间数据中挖掘我们的未来。

一、起点是一座“小岛”

起点是一个常用词汇。基准点，则是一个科学术语。打开李德仁的人生册页，起点是一个小岛。当他步入测绘学的殿堂，似乎也可以把这里视作他人生的一个基准点。

溱潼古镇曾是里下河的一个四面环水的小岛，今天，从地貌上我们已经看不出曾经的岛的形态。当李德仁院士跟我叙说他幼时的记忆，开头便说：“小时候的溱潼，是一个岛。周边都是水，没有桥。镇中，有一条东西流向的夹河穿镇而过。夹河两岸，是镇两边的街面。有三座拱桥：中石桥、东石桥、西石桥。我家在北岸，靠近中石桥，有一个李卫记灯笼挂着。”

从岛的地貌特征去想。极其低凹的里下河水网地带，有这么一座小岛，没有船，人进不来，也出不去。这里曾经出门是水，到处是水。除了船什么交通工具也用不上，这意味着外面的世界几等于无。当年，不管你沿着哪条道，往哪个方向走，走到水边，路就没有了。许多当地农民尤其是女性，一生一世待在被水网缠绕的乡村，连县城乡镇都没有去过。在这个环境中生活的人，“没有”是一种常态。可视环境中“没有”，常常使人耽于想象，于“无中生有”。

这里是李德仁生身之地。把时间钟面上的指针后移至1939年12月31日中午，李德仁在这里出生。如今，能清晰记得那个瞬间的人应该不会很多。院士也已经年届八十。年届八十依旧精神矍铄的李院士对我说：“我在溱潼生下来，在溱潼待了整整十一年。”

溱潼古称秦泓。地处南通、盐城、泰州三市交界处，旧有“犬吠三县闻”之说。这里河港交织、气候湿润，境内多处发现麋鹿遗骨化石和出土有新石器时代的石斧、石器。溱潼一度临海，夏商时属扬州，春秋时属吴。这里水草丰茂，麋鹿“千百成群”，农民“不耕而作”。镇区四面环水，波光粼粼，环境优美，素有“水乡明珠”之称。四面环水，佐证了李德仁关于岛的记忆。

溱潼古镇有一棵千年万朵茶树王，在院士故居院外，李德仁奶奶曾经住过的地方。春天，来到溱潼古镇山茶院，一棵古茶树依墙根而生，树冠硕大如盖，只见一大团辉煌的红色，浓艳如喷薄的朝霞，煞是好看。树龄千年，纵然不易，总还是见过不少，不算太罕见，然而，千年茶树竟然可以那样劈头盖脸地开花，竟然有如此长久的花期，就让人不得不惊讶了。

李德仁诞生之际，这棵茶树就生长在这儿，一年一度，开放出千枝万朵。

李德仁说："后来夹河填了，修了马路。非常遗憾。河两岸原来有一些做竹器的人家。"因为镇中的河流被填没，成了街道，我们也就再看不到北岸与南岸。李德仁家住河北岸。北岸与南岸，旧时是有讲究的，大凡富裕一点，殷实一点的人家，都住在北岸。北为上，"水北为阳""坐北朝南"，说的都是这意思。当年的溱潼有朱、储、李、沈、袁一些大户人家，大都住在北岸。

李家作为一个大家族，追求的是几代人不分家。在溱潼，地方政府陆续恢复并保护的李氏祖宅，也在旧时的北岸上，这里曾经住着李氏家族几代几十口人。

在李氏宅院我看到李德仁父母年轻时的相片，他们的容貌中依稀有李德仁的影子，墙壁挂着李德仁曾祖父李贞发撰写的家训，中堂上还有民国大总统徐世昌题写的“孝德永彰”匾额。

两株150年树龄的桂花树下，有一口慧井，有一汪智泉注入的池塘。我在慧井边略停留了一小会，沿着智泉前的池塘缓缓行走，细细体味李德仁的关于家乡的采访录音。

李德仁说：“我生在这院子里，我爷爷生了两个儿子，后来人多了，住不下。就住到河对面的袁家。袁家的奶奶是我妈妈的姑妈。都是从镇江丹徒迁到苏北的。”当年在溱潼，袁家和李家都是太平天国战乱时从江南移民过来的大户人家。那时，因为太平天国战乱，移民到苏中、苏北的人甚众，其中不乏后来大名鼎鼎的人士。

太平天国时期，洪秀全血洗江南，杀人无数。范文澜在其《中国近代史》中说，扬州、苏州、南京在太平天国战争后“二三十里无居民”“竟日不逢一人”。这一页历史是怎么翻过去的？它对李德仁这代人有过什么影响？可以看史书，可一定也看不出什么。历史是事件的堆积，多是没有了当事人之后的追忆与记载，严格意义上多为无迹可寻。但李德仁在接受采访时，有意无意地强调了这一点。我们没有就这个话题深入聊下去。我只能设想到这只是一个缘由。如果没有太平天国的战乱，一代代人，包括李德仁，他们的人生道路会怎样？溱潼古镇这个岛的去处，是不是依旧能够像今天这样出这么多院士？这里面有许多不可知，也无法去考证。至少可以这样表述：苏中、苏北的近代发展与太平天国带来的苏南移民不无关系。

我们能见到的是李德仁从里下河的小岛走出来，成了世界测绘学的巨擘。不仅如此，溱潼古镇仅李家就出了仨院士。从发生学角度来看，这真是一个令人惊讶的奇迹！

里下河不是一条河流，而是一个由无数条河流组成的偌大水网的统称。这一地区的河流绝大多数没有自己的名字。生活从来就是这样，一代代人从这个世界上离去，能留下名字的人很少，绝大多数皆被时间“清零”。从这层意义上看，“大于零”其实是人生了不得的奢望。里下河还是一个著名的凹地，据说最低凹处增高点在零以下，就是说水面高度低于海平面。曾有一种说法，百川归大海。还有一种说法：水往低处流。里下河的水甚至不流向大海，因为地理上的原因，水从里下河流向大海有时就成了倒流，即水往高处流。这不符合自然规律。

在水网密布的里下河，在没“有”的外部环境，在低凹的土地上，“无中生有”“走出凹地”“大于零”，是里下河人的奢想，也是里下河人与生俱来的原动力。这些其实是一些无意识。对一个人尤其对小孩来说，几乎无意义。然而，从发生学角度看，这些属于文化层面的无意识，像基因或指纹，其实对具体生命有着潜在意义与价值。严格意义上讲，所有发明创造，都是“无”中生“有”；所有锐意进取，都为了“走出凹地”“大于零”。

如今，李德仁的学科知识范围，涉及天空、大地、卫星、宇宙，从测绘到遥感，从几何到空间信息，几乎无所不包。当我们将这些，对应置放于一个孤独的小岛——一个四边笼罩水面的、周遭布满无数河流的里下河地区的一个小镇，那个反差巨大得令人不敢想象。

虽然李德仁只在这个岛上生活到11岁。1951年，11岁的李德仁以学校第一名的成绩从养正小学毕业，考入泰州中学，离开溱潼这座岛屿。11年的岛上生活，留在记忆层面的内容不是很多，而且呈碎片式：

“城北有一个长江小学，西边有一个养正小学，东边有一个操场。我最早在长江小学（国民小学），学习成绩不好。后来就转到养正小学（私立小学），为什么能转到养正小学读书？我们李家给它捐过钱。养正小学一进门的门洞，两边有光荣榜。光荣榜上是一些学习成绩好的学生名单，给人一种荣誉感。在学校里做操、升旗、背诵总理遗训。”

养正小学如今恢复成庙宇，门楣上有茗山法师题写的“绿树禅寺”。史载“绿树禅寺”始建于五代时期（907—960年），山门西侧，有一座嵌着“绿院垂槐”汉白玉石额的小院，一棵树龄超过千年的唐槐破墙而出，依旧巍巍参天、绿荫如盖。原来李德仁读书的养正小学是这么一个有根基的地方！还有一件异事。李德仁少年读书的养正小学（绿树禅寺）恢复为寺院后，还供奉了一尊肉身菩萨。庚寅七月初三净怀法师圆寂（2010年），在这里（无高山名刹之地）修成不坏真身（全身舍利）。真了不起！

肉身菩萨固然是宗教方面的神迹。我联想起生长了1100年，树干已经被岁月蛀空、洞穿却繁茂如初的唐槐；想起那株对气温、土壤有特别生长要求，似乎生错地方的千年万朵茶树王；再想到高二迠等诸多名人胜事和今天的溱潼仨院士。溱潼，这个位于里下河水网地带的岛屿，确是一片神奇的土地。

“夹河北面都是茶馆。一个水工，担着河水从街面走过，那时河水是可以直接喝的。镇北面烧窑，做砖瓦，可雕刻。湖泥做金砖。后来不做了，主要是太浪费土，在农民眼里，土比什么都金贵。猪油渣打烧饼。晚上吃泡饭的。”

“我三岁开始认字，看小人书。写毛笔字：大颜小柳。写字时，大人会在身后说：抓紧了！抓紧笔杆。我曾外祖父是当时泰州商会会长，是书法家。在泰州市修了许多砖制的字纸篓，外面写着：敬惜字纸。凡是写了字的纸，都不能瞎扔，得放到这字纸篓里集中焚化。我姑妈的书法也好！”

在溱潼，我见到李德仁的姑妈李惠芳，98 岁的她坐在窗下看书，娴静斯文，竟然不用戴眼镜。院士故居内有她 83 岁时写的一副对联：“支传铁瓮家声远，派衍青莲世泽长。”

李家世代书香门第这应当没有疑问。曾有文章援引相关资料：李德仁上溯第六代曾是道光二十年（1840 年）的状元，名曰李承霖。李德仁则以为在找不到确切文字佐证的前提下不可匆匆认同。不过，李德仁高祖那一辈上曾出过两个探花，应当确凿无疑。记忆中最真切的印象还是他的曾祖父、曾外祖父那一辈。他曾祖父曾是溱潼商会会长，曾外祖父曾是泰州商会会长。曾祖父李贞发曾经做过盐都使，他撰写的“李氏家训”传承至今：“爱我中华，兴我家邦，少小勤学，车胤孙康，弦歌雅乐，翰墨传香，尊师益友，孝德永彰，和亲睦邻，扶幼尊长，敬德修业，发愤图强，女红针黹，娴淑贤良，诗书共读，兰桂齐芳，扶贫济困，造福一方，克勤克俭，家道隆昌。”许多年后，回顾“李氏家训”，再看看李德仁、李德毅、李德群院士仨兄弟，家教之得，显而易见。家教也是规矩。

李德仁说：“我们李家从小就不准骂人。我这一生从没有骂过人，更不用说打人。这与小时的家教有关。”

曾祖父李贞发处事精明，长于经商，不仅担任商会会长，更因为精神品德高尚，获民国大总统徐世昌褒赠“孝德永彰”匾额，十分荣耀。当时的李家尽管是从丹徒举家迁至溱潼的外来者，仍不妨碍其成为溱潼当地赫赫有名的四大家族之一。

李德仁说，“在溱潼，我们算是移民，我家祖坟在镇江丹徒。祖先在那里买了一块坟山，雇一个忠厚农民看坟，不收房地租。为看坟人盖了几百平方米的房子。每年上坟，他请我们吃饭，我们再给他一些钱。在溱潼老屋的西厢房，有一列祖宗牌位与画像。爷爷1948年去世。先在溱潼修了一个廓（临时的坟）。选良辰吉日，开廓取棺，迁到丹徒祖坟。”

“1949年解放。那一年我10岁。街道上通知居民，各家各户晚上早点关门熄灯。国军撤退了，在快要过年的时候。而事实上，地下党早就成功有效地在这里开展活动。后来，人们发现原来一个成天给居民清理厕所的工人，出任溱潼镇的第一任镇长。”

“解放了，我们家的人大都从溱潼走了出去，只有我家留在溱潼。我五叔的姐姐嫁到汉口银行，前一年，五叔一家到了汉口。我姨妈到了扬州公安局工作。我爸爸1950年到沭阳去工作。我妈当时担任溱潼居委会主任，在姜堰当过人民代表。我1951年住到学校(泰州中学)。初三那年，我们全家随父亲搬到沭阳。”

记忆中的小岛，浮现在遥远的海洋，又似乎只是浪花在月光下的闪现。的确如此，走进今天的溱潼古镇，已找不到录音笔中来自李德仁所提示的种种画面。为了这已然不存在的画面，为了这活在八十岁老人记忆中的乡情与往事，我撷取采访录音中的几个小片段，抑或对阅读整篇文章有所启迪。

二、从“李德仁方法”说起

正如成名作之于作家，“李德仁方法”可以说是李德仁的“成名作”，也是“代表作”之一。

“李德仁方法”属于测绘学，是“误差的可区分性研究”的一种方法。其中“系统误差”“偶然误差”“粗差”等概念告诉我们，这是一个关于试错、查错的方法。更专业的术语叫作“选权迭代法”。1982年10月，42岁的李德仁在德国波恩大学访学期间，首创从验后方差估计导出粗差定位的“选权迭代法”，被国际测量界誉为“李德仁方法”。李德仁在博士论文中提出的“误差可区分性理论”被国际著名大地测量学家Grafarend教授称赞“解决了测量学上一个百年来的问题”。

1982年**10**月，李德仁在德国波恩大学学习

任何以个人命名的学术成就，都不可能被置换与替代，“李德仁方法”也是如此。尽管李德仁后来在学术上的种种建树，并非“李德仁方法”所能涵盖，“李德仁方法”毫无疑问是他学术生涯中一个极其重要的学术成就。“李德仁方法”也是李德仁1991年入选中科院院士的主要学术成就之一。

创造“李德仁方法”时，李德仁已经42岁，这个年龄在测绘科学领域不能说大，但也不能说小，尤其对于生于中国的李德仁来说。从出生年月我们能推算42岁的李德仁，处于现代中国哪一个历史时段，还可以推算42岁的李德仁经历过哪些作为一个现代中国人所面临的人生坎坷。

下面是李德仁42岁前的履历表：

1939年12月31日生于江苏溱潼，在溱潼读完小学。

1951年考入泰州中学读书。

1957年从泰州中学毕业，考入武汉测绘学院。

1958年春天因返乡处理中学时期的所谓“右派”言论的举报，耽搁了两个月的课程，由1957级(5721班)新生降级为1958级(5821班)新生。

1962年考研成绩非常好(这也为16年后他能被特招做了铺垫)，却因为中学阶段的莫须有的“右派言论”问题，未被录取。

1978年粉碎四人帮后首次招研，被王之卓特招(在找不到原来档案的前提下，通过四门功课的补考)做了他的研究生。

1982年在导师王之卓力荐下，赴德国留学、访问、读博。

通过以上简表可以清晰看出，李德仁在18岁到39岁期间，经历了几乎所有中国人面临的厄运和磨砺。幸运的是李德仁遇到了几个改变他命运的人！

先说杨坚。1957 年，李德仁考入武汉测绘学院时，杨坚是学院人事处的处长。

1957 年的高考，李德仁的第一志愿是北大，第八志愿才是“航测与制图”。结果被武汉测绘学院录取。后来才知道这个学科是中央要支持的重要学科，为确保生员，但凡报了这个志愿的人都被优先录取。当年不让查分。李德仁入校后被分在 5721 班，担任班长，从这一点来看，他的考试成绩应当很不错。当然，也许李德仁更期望能被北大录取，毕竟那是他的第一志愿。事实上他也有姓葛的同学（六合人）考上了北大，这个姓葛的同学，曾让李德仁和他的同学们羡慕不已。以至我在采访李德仁时，他还一再强调当年不让查分，一直到后来都不知道当年到底考了多少分。不过，从结果来看，不管当年李德仁考了多少分，他进入武汉测绘学院还真是他人生的最大幸运！

这幸运不仅在于：国家为了办好这个新组建的测绘院系，在全国范围抽调了最优秀的师资参与创建，其中有五个一级教授，分别来自同济大学、上海交大、华南理工大、复旦工学院，其中有三个是院士。这是在 1957 年。由此可见，国家把最优秀的测绘方面的人才都集中到了这里来。

李德仁的幸运还在于:在这里,李德仁遇上了一个他并不认识但却决定他后来命运的人:杨坚。

1957年考入武大后不久,泰州中学有函件揭发李德仁在中学期间有同情“右派”的言论。教育部也发来文件:要求凡是在中学期间有“反右”问题的学生要勒令其退学。

刚跨入大学门槛则面临退学,对于才18岁的孩子来说,也太残酷了。如果当年处理李德仁退学事件的经办人不是杨坚,是另一个有着官僚作风或机械地领会上级文件精神、对当事人不那么负责任的人,大概也就没有今天的李德仁了。

杨坚先调看了档案,又叫来李德仁当面谈话了解情况。1957年,李德仁的所谓“右派”言论出于一次住校学生的闲聊。当年泰州中学住校生都住在泰州广孝寺,庙堂对面有一个天井,南面有一个阅览室,几个住校的六合、高邮、兴化等地的学生在讨论交流报纸上的观点,主要是关于“分数面前人人平等”的话题。李德仁解释说,这不是我们的观点,是报纸上的文章,我们几个住校生只是在讨论文章时,比较倾向于赞同这个观点。当时在场的团委书记某某老师,却悄悄记下这些同学的名字,在上面发文要求清查中学生“右派”言论时,他写了书面材料,以团组织的名义分送参与讨论后来考入大学的学生所在学校。许多在一起聊过天后来考入大学的同学,被所在大学办了退学手续。

杨坚掌握政策精神,在做了调查了解后,觉得不能这么草率对待一个成绩优秀的好学生,她专门出介绍信让李德仁本人回泰州中学,让学校给他出个证明。让当事人去过去的中学去办这么一个证明材料,在当时,这也算是冒着政治风险的。

中学的时候李德仁就是团支部副书记、班长,成绩又好,进了大学就当上班长,入学半年来安分守己,表现突出,本来已作为班级入党积极分子在培养中,突然就说有了问题,还不明原因,19 岁的李德仁心里有些发慌,尽管他本人摸不着头脑。李德仁回到泰州中学时,那里正在清理“右派”,根本无暇处理他的事。又因为学校让退学一事,李德仁没敢对家人讲,怕母亲担心,所以,他没敢直接回家,就借住在泰州的一所小学,一边做民办老师,一边等学校的回复。当时,泰州中学整治“右派”情况十分复杂,他的班主任兼化学老师朱光鉴已经被定为“右派”。李德仁找到了校长和书记,他们告诉他,你已经毕业了,在你的毕业证书上我们已给出鉴定,目前不会给你做新的鉴定。事实上,李德仁的毕业鉴定上也没有任何问题,确实没有重做鉴定的必要。在李德仁苦苦等了一个多月之后,当时泰州中学还是这样回复:经学校研究,此事不宜做单一处理。

回到武汉测绘学院时,李德仁差不多已经灰心了。杨坚处长却还是不甘心,她不甘心眼前的这个学生竟因莫须有的缘由退了学。李德仁说:“她又亲自写了一封信,让我再回学校去一趟,她信中的内容,我不知道。此信终于得到于一平校长的函件回复(直到我当上院士后才知道于一平的复信内容),于一平给杨坚的回信内容是:由于学校正在‘反右’,组织无法处理过去的结论,但我以我个人、校长和党员的身份担保,李德仁是一个好学生。于一平。

录音采访到这里,我听到李德仁院士的声音有点发涩,我的眼睛也湿润了。如果没有杨坚的一再坚持,如果没有于一平这封私人信函,还有后来的“李德仁方法”“五院院士”、国际摄影测量与遥感学会第 3 委员会主席(1988—1992)和第 6 委员会主席(1992—1996)吗?

李德仁说:“事实上,在当时的政治形势下,党组织已不能坐下来处理我这个已经离校的学生问题。而杨坚也已经做了最大努力,她也完全可以心安理得地按当时的政治要求把我清退。”

收到于一平的信，杨坚说，你没有问题了。李德仁说："是杨坚和余一平救了我。而考上北京大学的姓葛的同学，则被清退了，打回农村当了农民，档案里的材料也随带回去，接下来，一路挨整，一直整到"文化大革命"。另外还有几个同类型的学生，名字一时记不起来了，都无一例外地受到牵连。只有我逃过一劫，没有被退学，没有挨整。"

但因为缺课一个多月，时任教务处处长的纪增觉老师认为一个学期缺课超过 1/3，不能跟班，必须要休学一年，又考虑到他每门成绩都是 5 分，于是准许他可以享受最多 3 门课免学。于是，李德仁就从 5721 班，降到 5821 班，又因为有 3 门课免学，到了 5821 班后有半年无须上课，又不能回家，不敢告诉家里。还是杨坚处长，在她的帮助下，李德仁留在高校里做了半年临时工，一个月 18 元。直到跟上 5821 班学习，他才敢回家告诉家人。

这里，还应当说到李德仁的另一个幸运。由于这个变故与留级，他与另一个"留级生"遇上，而这个人后来成为了他的终身伴侣。她叫朱宜萱。因为她父亲朱裕壁教授（原湖北医学院创始人，1933 年留德医学博士，湖北省医学界三元老之一）被打成"右派"的缘故，朱宜萱也从 5723 班留级到 5821 班，他们再度遇上。朱宜萱的印象中，那还是在 1957 年刚进大学，5721班的一个好朋友指着一个靠在西楼门口的男生告诉她：这就是我们的小班长。小班长也会留级？朱宜萱一开始挺纳闷，后来才知他和自己同病相怜。两个因为所谓"政治问题"的留级生，最后开出一朵并蒂莲，相当于错误的枝干上结出一枚正确的果。一个有"右派言论"的学生和一个"右派"子女，同时被降级，最后走到一起，这太像诗了：

我们狭路相逢
这是缘分
我们并无选择
两壁是高墙
这就使阳光变得稀少
变得尤其珍贵……

补充说明一下，这位拯救李德仁的武汉测绘学院的首任人事处长杨坚，曾是前抗日新四军东江纵队女游击队长，也是当时湖北军分区司令的夫人。也就是说，她的政治身份与底气为她当时的政治冒险行为做了背书。

当我在录下、写下这一段文字时，当事人李德仁已届八十高龄，杨坚和于一平应当过了百岁或已不在人世了，可我多想对他们说上一句,谢谢!谢谢你们!在那个特定的时候,面对一个无助的几乎面临失学的青年学生,你们所表现出来的正义感与悲悯情怀,成就了“李德仁方法”和李德仁的后来。且不说李德仁个人所创建的无数成就,截止目前,李德仁共带出200多名博士,100多名硕士,他的学生中出了三个院士。这些都与这两位我未能见到的陌生人密切相关。显然,这里的角度是从正面进入的。事实上,我们还可以有另一种切入角度,另一面:当年那些被开除、劝退的曾经与李德仁在一起聊天、讨论报纸文章的同学,难道其中没有可以造就,可以建功立业的未来的精英吗?这样一问,忽然心口有点发紧,有点气噎。

在里下河农村插队时,我留意过,几乎所有鱼都选择逆水而上。不仅如此,鱼还会“爬坡”,但凡地面有落差,有流水呈瀑布状流泻之处,必有一群鱼在那里“戏水”,这个词我以为是“系水”。借助眼前几乎直立的水柱,鱼从一个地面高程攀上另一个地面高程。我甚至觉得,所谓“人往高处走”这一潜在动机,其实来自对鱼的模仿,或许“水往低处流,鱼往高处走”才是这俗语的原型。虽然我不明白鱼的道理,但我却在鱼的行为中,想到人的行为。据说人的远祖即来自于鱼类,想必人的身上有鱼的基因?我还留意到,鱼的命运大都受捕鱼人捉弄。捕鱼人利用鱼逆水上游的特点，故意制造出水的落差与动静，引诱鱼来就擒。还有设置在里下河的“千缯万罾”，似乎也都是为了遏杀鱼的上游之梦。因此，很难有一尾鱼，能顺顺当当、一阶一阶攀上更高的地面高程，或者说，能成为最后“跳过龙门”的鱼。

那么人呢，人在实现他的梦想时，一样会遇到许多他所不知道的机关与设计。当人被命运左右，被看不见的网缠绕，最后被时间清零，其实与煮熟的鱼在我们的餐盘中一样。所有的努力，一次次被重复清零。我不知道鱼怎么想，但我知道人的困扰与郁结。或许，人最基本的愿望是这个世界上再没有种种玩弄他们的设计与机关，就像里下河的鱼，希望再没有捕鱼人的狡诈，没有千缯万罾的陷阱，然后容着自己逆流上游，去追求，去系水攀高。这时，能否成功就全在于自己，在于自己的努力与追求。

我们不能指望生活中有更多的杨坚和于一平。我们更不希望生活中仍有那个写黑材料的卑劣小人。但有一个良性的始终催人奋进、促进优秀人才辈出的健康的社会环境，才是一个科技知识分子的最重要的祈求！

三、三个有趣的出生年代和“3S 集成”

前面说到“幸运的是李德仁遇上了几个改变他命运的人”，现在一下子跳到“3S 集成”上来，在语言逻辑关系上，似乎有点突兀。事实上是李德仁在接受采访中提及三个偶然却又有趣的出生年代，促使我把它们集中在这一章节，并且与后来李德仁在国内首先提出的“3S 集成”科学概念整合在一起。

三个有趣的出生年代分别是：

李德仁的恩师、硕士生导师王之卓，出生于 1909 年。

李德仁的博士生导师、德国教授阿克曼，出生于 1929 年。

再就是李德仁，出生于 1939 年。

1992 年，李德仁发表了他当选院士后的第一篇文章《论 3S 集成》，最早在国内提出“3S 集成”这一科学概念。此时的王之卓已经 83 岁高龄，比他小 20 岁的阿克曼教授也已经 63 岁。李德仁本人则是 53 岁。

《论 3S 集成》(3S 指 GIS、GPS 和 RS)，3S 集成的基本思想就是：(RS)遥感，包括摄影测量，是在“面方式”下进行数据成像，(GPS)全站仪则是“点方式”的数据成像，(GIS)则是所有“面方式”和“点方式”成像结果在计算机里存储、管理和应用。点方式精度高但效率低，面方式速度快但要依靠点方式作基础，所有最后的成果都沉淀到GIS。

有一种说法，科学是建筑在细分基础上的。譬如医学，许多医药科学家毕生的研究只在某一个细胞或某一个菌种上。而李德仁认为，多系统集成才是前沿学科的发展方向。他的这一思想得到国际上的认可和赞扬。《论3S集成》也因此成为李德仁学术成就再上台阶的标志性文章，3S集成也获得了国家自然科学基金重点发展项目。

从创立“李德仁方法”开始到“论3S集成”，差不多十年时间，李德仁成功完成了从摄影测绘科学到地球空间信息科学的过渡。

这样的科学进步与了不起的跨越，离不开前面列举的“三个有趣的出生年代”的人(这里包括李德仁自己)。

首先是王之卓院士。我第一次走进武汉大学的“测绘遥感信息工程国家重点实验室”，正对大门，迎面立着王之卓先生的半身塑像，足见王之卓在测绘学科的地位及其对创建测绘大学的贡献，也足见李德仁他们这些后来者尊师重道的品德。说起王之卓先生，年近八旬的李德仁一脸的崇敬与虔诚。

王之卓院士(1909年12月16日—2002年05月18日),航空摄影测量与遥感专家,河北丰润县人。1932年毕业于交通大学(现西安交通大学和上海交通大学的前身)。1939年获德国柏林工业大学工学博士学位。

王之卓有许多光辉业绩与学术成就,这里仅把他与武汉测量制图学院、与李德仁交汇的部分作一个简洁梳理:

1955年10月—1956年8月:根据武汉测量制图学院筹委会统一安排,王之卓从青岛工学院借调到上海同济大学,从事航测教学科研及前苏联专家方面的工作。

1956年7月:参与筹建中国测量制图学会(中国测绘学会),任筹委会副主任委员。旋即任中国代表团团长,代表学会赴瑞典斯德哥尔摩参加国际摄影测量大会。

1956年8月:调任原武汉测量制图学院一级教授、航测与制图系首任系主任。

1957年8月:原武汉测量制图学院将航测与制图系分开为航测系和制图学系,任航测系首任系主任。

1957年:在《武汉测量制图学院学报》创刊号发表论文《偶然误差累积的系统现象及其在摄影测量中的应用》,在中国首次提出了偶然误差累积的规律。

1957年12月：参加在北京召开的中苏朝越蒙五国测绘科技会议，发表题为《起伏地区航摄像片相对定向元素解算公式的研究》，提出的新解算公式之精度大大优于前苏联的"瓦洛夫公式"，被人称之为"王之卓公式"。

1957年，李德仁考取武汉测绘学院。如前所说由于所谓的"右派言论"，也因为杨坚和于一平的缘故，1958年，李德仁在考入武汉测绘学院后事实上第二次被"录取"，在5821班续读大学一年级。

把时针拨回到1958年，李德仁19岁，王之卓49岁。在这一时间节点，李德仁开始走进王之卓的视野。

前面说到国家为办好这个新组建的测绘院系，在全国范围抽调了最优秀的师资参与创建，其中有五个一级教授、三个院士，王之卓是其中一位。王之卓当时担任学院副院长，是公认的航测学术专家和权威。在5821班，教航测的老师是顾葆康，顾葆康曾是1931年中德航测团的中方团长。因为顾老师身体很不好，教到一半就替换为陈适来教（陈适老师从奥地利留学归来，是陈布雷的儿子）。这也就是说，在5821班，王之卓与李德仁并无直接师生关系。

起因是李德仁课余阅读了大量关于测量与制图的书刊，善于思考的李德仁常常会发现一些问题，为了解惑，也为了辨明是非，他写了4篇文章，阐述自己的观点，对加拿大某教授和俄罗斯某教授的一些观点提出质疑。

他把文章交给了任课的陈适老师，几天后文章又回到李德仁手中，多了一个大大的“阅”字。这让李德仁有些纳闷，这到底是说他对还是不对呢？为了弄明白他自己到底有没有弄错？他找到朱宜萱，问她能否把文章转交给王之卓。这时的朱宜萱是李德仁比较要好的女同学，而她又跟王先生的闺女是闺密。也正因为这样的关系，李德仁的文章就到了王之卓手中。王之卓看到转交来的文稿十分兴奋，又批又圈，还命办公室秘书找到李德仁，约他第二天下午到家里谈文章。

这样，李德仁就有了第一次和这位大师面对面交流的机会。朱宜萱也正是通过这次传递信息，侧面了解到李德仁的更多信息。王先生为意外发现一匹千里马格外惊喜。王先生告诉李德仁，他的质疑是对的，他的原理思想也很好，只是实现思想的硬件条件现在还不具备。他拿出李德仁的文章，对其中的各个观点一一圈点……他们就这样从下午4点一直谈到晚上8点，期间王师母三次催促吃饭，王先生都舍不得中断话题。最后王先生告诉李德仁，你先回去，我决定明年带你做毕业论文，你回去后要好好地看英文文献，看资料。

这是李德仁人生中的一个关键时刻。因为这以后，他不仅有了一位好老师，还因此得到了一生的伴侣。

李德仁开始和朱宜萱谈朋友。当时追求朱宜萱的不乏清华、北大和中山大学等名校的佼佼者，但这时朱宜萱总能不时从闺密那里获知李德仁得到王之卓首肯的第一手信息。后来，李德仁去朱家作客，与朱宜萱父亲朱裕璧教授谈得也很投机，朱教授是著名学者，喜欢有思想的年轻人。朱母看着李德仁也满心欢喜。

遵照王先生指引，李德仁和另外十来个人参加了一个英语学习小组，一个毕业于上海外语学院英语系的老师免费为他们授课，每个礼拜晚讲两次课。李德仁是小组组长，通过强化学习，他竟将英国知名教授汤姆森的文章看懂了，英语和专业功底大有长进。

学业与爱情齐头并进，李德仁的前途似乎无限光明。

李德仁的大学毕业设计是在王先生的指导下完成的。标题是“反光立体镜作解析摄影测量加密制图”，设计被评为大班第一名，随后又写成论文发表在《测绘学报》，得到稿费180元。这么一大笔钱李德仁一直没舍得花，这也是他后来和朱宜萱结婚时的唯一存款。

中华人民共和国成立后，研究生教育进展很慢，从1950

年到 1965 年,全国共招收研究生 2.3 万人。在王卓人先生的鼓励下,李德仁报考了王之卓的 1962 届研究生,在武汉大学考了三门课:航测、平差和外语。考完后王师母特地叫上李德仁到家里改善伙食,有鱼还有西瓜,在那个困难时期已算非常丰盛。王师母告诉李德仁,你考得非常好,王先生要录取你当研究生——当年王之卓仅招一个研究生。三门课满分 300 分,李德仁考了 299 分。后来,王先生对他说,想找个地方扣点分数都找不到,后来终于找到一处漏写了计量单位米,扣掉他一分。

然而,莫须有的"右派言论"问题又在暗流涌动。只不过这一次没有显现出来,一切似乎是顺理成章。学校公布 1963 届毕业生的分配方案:李德仁报考研究生未被录取(未说明什么原因),他被分配到国家测绘局地形二队,朱宜萱则分在了陕西测绘局地形七队。

分手前,王先生语重心长地对李德仁说,分配是国家统一安排,要想得通,功课不要丢,以后还是有用的!是呀,在当时的环境下想不通也得想通呀。

地形二队三中队将被派往新疆工作,为此还组织他们学了一个多礼拜的维吾尔语。后来,由于国家测绘局研究所在宝鸡秦岭有个试验场地,要做全野外控制点,李德仁没去成新疆，到了试验场搞野外测量。他的计算速度非常快，别人一天算三五个点，他一天可以算十几个甚至三十个点，而且还发现山区高程测量不闭合是高程视距表出错了，提议用水准尺加气泡测量，修改规范，重做视距改正表，及时完成了全野外测量任务，还写了文章在《测绘通报》上发表。在这里，我又看到里下河人不屈不挠的上游精神！

不久他接到通知，说可以回研究所了。后来才知道是王先生把他推荐给了当时的研究所所长陈永龄。也因为这个原因，“文化大革命”开始后，李德仁又多了一条罪状：李德仁是怎么到研究所的呢？是反动学术权威王之卓推荐给反动权威陈永龄的。

还是这个“反动学术权威”，在得到1978年国家恢复研究生招生的消息后，第一时间向李德仁递出橄榄枝：正式邀请李德仁当他的研究生。王之卓还向学院反映说当年（1962年）这个学生的研究生考试成绩几乎是满分。校方也表示，只要能找到当年考试成绩的档案，就可以免试。后来，因时间太久远，档案已被“文革”造反派丢失，于是，专门为李德仁一个人补考。王之卓亲自将李德仁安置在学校招待所，帮助他复习了一个礼拜。因为一直坚持没有丢掉学业，李德仁每门课都考了85分以上，被正式录取成为王之卓的研究生。

1978年,武汉测绘学院的测绘专家王之卓,在国家恢复研究生招生的第一时间,想起1962年未被录取的李德仁。算一算时间,连头带尾差不多17年过去了。1978年,39岁的李德仁终于在大学毕业17年之后,作为王之卓的研究生回到恩师身边。

17年哪!差不多是一个孩子从出生到成人的时间跨度,李德仁也已经走完22岁到39岁的人生历程。所有过来之人想必都会对17年这个时间概念发出各自不同的感叹吧。

李德仁随王先生读了三年研究生。三年里,为了抢回失去的岁月,他拼命读书,几乎把全世界当时可以找到的专业文献都看遍了,没有复印机,就用手抄写,光笔记就整理了20多本。后来他到了德国,初次见到一个外国教授就能说出人家是研究什么的,有什么成果,这令对方非常惊讶。

读研究生的第二年王先生即推荐李德仁参加出国考试,李德仁不负期望,出国考试考了第一名,教育部却有规定,恢复招研后的第一届研究生不能中途休学出国。

1981年,李德仁又在广州通过了国家英语考试,出国留学的条件都具备了。王先生和他的岳父朱裕璧教授都建议他去德国留学,当时,德国是全世界航测理论最先进的国家,王先生的航测博士学位就是在德国拿的。李德仁转过头来又改学德语。到北京语言学院的德语高级班插班，一开始人家还不敢收他，只能当旁听生，旁听了一段时间后才正式接纳他。经过4个月的紧张学习，李德仁参加了在北京举行的国家德语考试，又考了全班第一名。

1982年10月，李德仁终于以访问学者的身份如愿去了德国，时年43岁。

王之卓先生将德国斯图加特大学的阿克曼教授介绍给李德仁。此时，李德仁学术生涯中的第二个恩师降临。

阿克曼教授是世界摄影测量领域的领军人物。生于1929年，1950至1954年就读于德国斯图加特工业学院，学习测量学。1958年至1966年，成为地球科学国际训练中心(ITC)的成员。1964年他获得惯性导航与制导博士学位，并于同年在里斯本举行的国际摄影测量学会大会上成为奥·冯·格鲁贝尔奖的第一位获奖人。1966年他成为德国斯图加特大学摄影测量专业的教授，创建了斯图加特大学摄影测量研究所并担任所长。阿克曼教授领导德国斯图加特大学摄影测量研究所研发了航带和区域的解析空三模型，独立模型法以及光束法区域平差方案，经过大量测试之后将解析空三方案投入实践。经过几十年的应用，阿克曼教授将该方案推广到了世界范围的摄影测量领域。也因为他的这一突出成就，在1976年举行的国际摄影测量学会大会（如今的ISPRS）上，他获得了最高荣誉——布罗克金质奖章（Brock Gold Medal Award）。他接下来继续研发DTM（数字地形模块）生成软件，并整合到DTM程序SCOP（斯图加特等高线程序）中。今天这个程序已经在全世界得到广泛应用。

王之卓先生介绍李德仁跟随阿克曼教授从学。但阿克曼教授当时正带着好几个学生，便建议李德仁先到波恩大学去学习半年。到了波恩，第一次到国外的李德仁见识到与当时中国反差极大的现代文明，大开眼界。勤奋好学，擅长思考，勇于实践的李德仁，在学术上依旧保持着初生牛犊的锐气，初到波恩大学库普费尔实验所，即发现该所的区域网平差程序有毛病，状态不稳定，他向库普费尔教授要来程序，花了一个多礼拜时间把程序调试好。库普费尔教授非常惊讶，从此对他刮目相看。李德仁还就此实践用德文写出文章《克服自检校平差中过度参数的三种方法》。李德仁之所以能如此先声夺人、一鸣惊人，与其按王之卓先生的要求事先补习了大量高深的数学知识有极大关系。

当时国际上已将系统误差研究完毕，正着力研究粗差能否找出来，很多德国科学家、测量学家都在研究这个问题。当时有两派观点，一派认为用最小二乘法的原理，是可以找出粗差的;另一种观点认为不可以,要用稳健估计,要推翻高斯分布。而李德仁则提出自己的观点:如果把粗差看成是一个期望异常的值,那么最小二乘法要改造,但是如果把粗差看成是一个方差异常大的观测值,就可以用最小二乘法。首创从验后方差分量估计原理出发,提出选权迭代粗差检测方法,即后来的"李德仁方法"。这是他在武汉读书时受了德国教授讲授方差估计后的启发,也是他的所有知识积累在发挥作用。

"李德仁方法"提出后,库普费尔教授告诉李德仁,你的这个方法很绝,但道理我不是很懂,我把它邮寄给阿克曼教授去看看。阿克曼教授看了后,十分欣赏,于是找到慕尼黑的德国摄影测量与遥感杂志社的主编,希望能发表出来。这位主编把文章仔细地看了一遍,觉得文章写得非常通顺流畅,当编辑的甚至不需要改一个字词。这是李德仁在德国发表的第一篇德文文章,他用逻辑推理的思维方法克服了文字上的词汇不足和不丰富,文章短小却有说服力。

李德仁在波恩大学开始小有名气,大家都知道中国的王之卓先生于20世纪30年代在德国拿了航测博士,现在又出了一个中国人,很厉害。在与国际同行的见面聊天中,李德仁不仅对同行的研究成果了如指掌,也敢于直言,他这种务实的学术态度在国外很受欢迎。

在波恩大学短短半年的时间里，李德仁用德文写出了三篇论文，竟然连一个语法错误都没有。库普费尔教授十分喜欢李德仁，见李德仁论文写得好，但口语不流畅，就自己出资为他请来德语家庭教师，每天晚上教他现代德语，整整帮李德仁补习了两个月，使李德仁的口语水平有了很大提高。

半年后，李德仁从波恩大学转到斯图加特大学阿克曼教授门下，阿克曼教授告诉李德仁，你的老师（指王之卓先生）是我的老师的同学，我很尊重王之卓先生，王先生又这么喜欢你，你还是读我的博士吧。李德仁正式由访问学者转为阿克曼教授的博士生。

这三个出生年代尾数都带 9 的世界级的测绘大师，他们之间的师承关系是：王之卓与阿克曼的老师是同学，李德仁先师从王之卓读硕士，再师从阿克曼读博士，正所谓纯正的师出同门。

李德仁跟阿克曼教授做的博士论文研究领域是：在区域网平差里面，自动地把多个粗差和系统误差区分出来。分别处理粗差和系统误差早在高斯理论里就有过，但要自动区分它们，却百年未有。

1984 年 10 月，李德仁的博士论文《摄影测量平差中控制点粗差和相片系统误差可区分的理论及实验研究》开始送审，按照规定，整个斯图加特土木工程学院的 100 多个教授都要审阅。论文被复印成 5 份快速传递。

在等待论文评审的过程中，斯图加特外事局推荐李德仁去一所哥德语言学校。该校不仅免费教外国人德语，还可以享受一个月 400—500 马克的零花钱。李德仁告诉王先生自己去了德语学校，先生有点不解，即将回国了还学德语干什么？而李德仁只是想利用等待的时间多学点以后能用得上的德语。

李德仁一边学德语一边准备答辩，答辩有严格的要求，45 分钟的答辩时间，只能有正负一分钟的误差，李德仁天天计表练习。

1985 年 2 月 5 日，答辩正式开始，李德仁准确地讲了 45 分 20 秒。这一次的训练，使他以后每逢讲课、作报告，根本不用看表，完全凭感觉就能准确掌握时间。

李德仁的博士论文答辩获得了斯图加特大学的最好成绩，1 分＋5 星，其纪录至今无人打破。在德国，博士论文评语是严格保密的，但在李德仁回国前的一次聚会上，阿克曼教授破例公布了李德仁的论文评语，国际著名大地测量学家格拉发伦特教授写道：“我为此文而激动，它解决了一个困扰测量理论与实践达一百多年的难题。”

把粗差发现的理论上升到粗差和系统误差区分的理论，世界上科学技术最先进的国家，也要用李德仁的理论来校正自己的航测平差系统。李德仁因此荣获了联邦德国汉莎航空测量奖，也正因为如此突出的贡献，李德仁于1991年当选为中国科学院院士。

1983 年 **10** 月，李德仁的博士导师 **Ackerman** 教授访问武汉测绘科技大学

1983年，阿克曼教授到中国讲学，到武汉测绘学院讲课，李德仁担任翻译。阿克曼教授鼓励李德仁多讲、大胆地讲，因此这次讲课，很多时候就是阿克曼教授点出一个题目、思路，李德仁在口译成中文的过程中，再充分拓展、延伸，他们师生配合得非常默契。跟随阿克曼读博士，李德仁还于无形

中开创了先例：即出国才一年就能回家探亲。正常规定是两年。阿克曼替他报销了来回路费。

1985 年 **2** 月，李德仁以全校历史上最高分获得德国斯图加特大学博士学位

在德国，李德仁按规定一个月可以享受 680 马克（约 2000 元人民币）的生活补助，而且阿克曼教授每个月还会从自己的公资里面给他加 400 马克，放假还带他去滑雪、旅行，所有的钱都是阿克曼出，甚至他每个星期给妻子朱宜萱寄一封信的钱也帮他出。待 1985 年李德仁学成回国，平时一脑门钻进学术出不来的李德仁，竟然积余下几万马克。真是无心插柳柳成荫。这不仅说明阿克曼教授对他的照顾无微不至，也间接说明，在德国学习期间，李德仁的所有时间与精力都放在了学习上，除了学术还是学术，生活之余几乎没有发

生什么个人消费。

李德仁出生于1939年。与王之卓的1909,阿克曼的1929,数字排列上很有趣:尾数都是9。“九”在汉语语境中有着特殊的意味,“九”是“天地之至数”。“九”与“久”谐音,“九”也因此成为中国人喜闻乐见的有意味的吉祥数字之一。三个“九”聚焦在一起,正如有三个“S”的“3S集成”,尽管是一种偶然,但有趣的字母排列与有趣的年龄数字组合,似乎冥冥中有一个特别的寓义。

通常我们说一个人在生命历程中,遇到一些重要的、关键的、改变他命运的人,一般都是指他者。因此,当前文写到“幸运的是李德仁遇上几个改变他命运的人”在语言逻辑层面应当不包括李德仁自己。然而,作为他这个年龄段的例外现象,我依旧把李德仁“自己”作为改变他自己命运的人来略做叙述。

如前所说,1939年出生的李德仁,在少年阶段就遇到“反右”差点被退学,以及随之带来的一系列看不见又始终暗流涌动甚至防不胜防的隐患。被耽误了差不多17年时间。这一点他与先生王之卓不同,王先生是在另一个社会环境中完成他的学术修为和学术建树的,1939年,在李德仁呱呱坠地之时,王之卓已获德国柏林工业大学工学博士学位。

1957年因所谓“右派言论”面临退学危机的李德仁虽然被杨坚、于一平等人挽救回来，但1962年依旧为此被拒之于研究生门外，以致王之卓和李德仁这对最佳组合的师生情缘被耽误了整整17年。须知他们师生年龄相距整整三十岁，就是说他们先天有着三十年的时间差，再加上这十七年，多么可怕！47年的时间差。终是上天眷顾，让他们在39岁（李德仁）与69岁（王之卓）之际终于相逢。这多么幸运，又多么惊险！当历史无情地画了一个大圈，当许多人重新行驶在正确的人生轨道，确有不少人在各种不同领域，做出了不起的贡献，发挥了很大作用，但在学术上却很少有人能像李德仁这样，成为一个标杆式的人物。那是因为，学术与其他行业都不一样，学术需要时间，需要积累，这中间容不得半点马虎、松懈。这也正是为什么科学史上介绍的那些大师们，大都是过去时代即完成学业或做出学术成果的重要原因。

我们再来看李德仁，就明白他的成功是多么艰难！虽然命运厚爱他，让他遇上杨坚、于一平、王之卓、阿克曼。但如果没有一个遇逆境始终不屈服，不低头，始终勤奋好学，坚持独立思考，始终力争上游的李德仁，我们今天所看到的一切，也许只是一个永不能实现的愿景！

不管政治风云如何变幻，李德仁始终没有忘记恩师王之卓的教导，继续研究，写软件。1963的李德仁虽春华正茂，精力旺盛，却既不能读研，也没有被放在必要的位置上，没有适当的学术研究的条件与环境。他走过很多地方，在许多工作岗位上待过。大家对他的印象就是“这个人很聪明，很有学问，只是有‘政治’问题，很可惜”。

1966年，“文化大革命”开始了，李德仁被圈定为“修正主义的苗子”“1957年的漏网右派”，被下放到河南五七干校。

在干校，他什么都干。年轻力壮，被派去搅拌混凝土，送建筑材料盖房子。又转去正阳农场种水稻，拖拉机载着行李绝尘而去，李德仁他们这些被改造对象背着小行李徒步“拉练”。插秧，得倒退着走，每插一排往后退一步，长长的田几乎一眼望不到头，累得人腰酸背痛。收粮的时候则要将一袋袋包扛到仓库，稻谷一袋180斤，小麦一袋120斤。李德仁双手叉腰，另外两人合力将包送到他肩上，他一路小跑，经过一个小坡后到达仓库，然后身子一斜，将包堆好。炊事员脱档了，李德仁又被派去当了炊事员，在那里学会了做馒头，做红烧鸡，还能打菜“一勺准”。

好不容易，从五七干校出来，这时的测绘局已解散，李德仁被分到了石家庄水泥制品厂。

在水泥厂里，李德仁整天干的就是扛电线杆、绑钢筋、搅混凝土、钻螺丝，三班倒。厂长看他是大学生，就把他转到实验室，专门负责水泥制品厂的化学研究。李德仁跟国家建材院的研究人员一起发明了一种全新的硫铝酸盐水泥系列，获得了国家科技发明二等奖。当时普通的水泥只卖 30 元/吨，他们研究出来的特种水泥能卖 120 元/吨。

这里，无法把李德仁这 17 年中所承受的磨难都叙述一遍，事实上，这些磨难相对于当时的人而言，也算不上什么特别不一样的磨难。不一样的是：李德仁始终没有放弃“向上”，如同里下河的始终“上游”的鱼，闯过千罾万罾，最终“系”水而上，幸运地跃过龙门！

如果，当年我们有透视眼力能看到未来，就会明白，对于李德仁这样一个学术专家而言，让他最终陷于平庸是他个人的灾难，也是世界测绘学科的灾难！

这里真要替李德仁感谢一下这十七年中不懈努力的“李德仁”！事实上，测绘专业知识，他一天也没有放弃，而且，为了非常艰难的未来，即使在五七干校这段艰苦的日子里，李德仁依然坚持学习外语，通过听“美国之音”的英语 900 句，学习外语，他始终没有放弃学业，始终没有放弃希望！

当我们感叹上天又给了他机会，让他在 39 岁又能见到王之卓并成为他的研究生，却不能忽略，整整 17 年时间，他

1990 年,李德仁与导师王之卓在 **ISPRS** 第三委员会武汉国际会议上

始终在准备着!

命运从来只青睐一些始终准备着的人。

四、从细分到整合:地球空间信息学

卫星导航定位系统(GPS)、遥感(RS)和地理信息系统(GIS),是目前对地观测系统中空间信息获取、存储管理、更新、分析和应用的 3 大支撑技术(简称 3 S),也是细分的三个学科。

随着对 3S 研究和应用的不断深入,单独运用其中一种技术已不能满足一些应用工程的需要,而综合利用这 3 大技术的特长，形成对地观测、信息处理、分析模拟的综合能力，成为重中之重。20 世纪 90 年代以来，3S 的研究和应用开始向集成化方向发展，在这种集成应用中：GPS 主要被用于实时、快速地提供目标，包括各类传感器和运载平台（车、船、飞机、卫星等）的空间位置；RS 用于实时地或准实时地提供目标及其环境的语义或非语义信息，发现地球表面上的各种变化，及时地对 GIS 进行数据更新；GIS 则是对多种来源的时空数据进行综合处理、集成管理、动态存取，作为新的集成系统的基础平台，并为智能化数据的采集提供地学知识。

3S 集成则是把三个学科或曰三种技术整合起来。1994 年，李德仁又当选为中国工程院院士，成为当时测绘界唯一的双院士。他当选院士后发表的第一篇文章《论 3S 集成》(GIS、GPS 和 RS)，其基本思想就是：遥感包括摄影测量，是在一个面方式下进行数据成像，GPS、全站仪是点方式，GIS 是所有面方式和点方式成像结果在计算机里存储、管理和应用，所有最后的成果都沉淀到 GIS。他的这一思想得到了国际上的认可和赞扬，《论 3S 集成》成为李德仁再上台阶的标志性文章，他因此获得了国家自然科学基金重点发展项目。

利用 3S 集成技术可以免除野外控制点的测量，使制图的速度提高到前所未有的水平。从而满足全球 1∶50000 的测图要求，利用资源三号卫星进行全国数字表面模型和数字正射影像自动化生产，处理数据量 40 TB，60 个计算节点，耗时 15 天完成。这样的速度是 60 年以前的测绘完全不敢想象的。过去做 1∶50000 的地图要花几十年，现在只需要十几天，而且是全自动的。

关于 3S 集成，李德仁经历了这么几个阶段：

第一步是走完现代测绘历程后，进军遥感领域。1988 年，李德仁当选为国际摄影测量与遥感学会（ISPRS）主席（第三委员会主席——1988 年至 1992 年），这个学会主要研究数学理论和算法，下面有 6 个工作组。他把他的博士生龚健雅（现为中国科学院院士）放在地理信息理论工作组参加学习和实践，并带着龚健雅一起研究面向对象和一体化数据结构（矢量栅格一体化），这是全新的两个点。李德仁一直告诉自己，要善于发现方向，要把学生带到科研的第一线。1989 年他指导龚健雅做论文，还把龚健雅送到丹麦学习地理信息理论。当摄影测量基本走完与时俱进的历程，李德仁又开始进行早期的遥感研究。李德仁受国防科技部邀请，以遥感申请国防项目，得到拨款 40 万元做研究，成为原武汉测绘科技大学一个大项目（1985 年），分别做高分辨率遥感、超光谱、成像光谱仪、数据压缩和雷达研究，向遥感拓展。

然后，李德仁按照3S集成的思想，在GPS和RS集成的基础上，把最后一个“S”放进去。在GIS(地理信息系统)这一块，李德仁集中了20多人的团队，开始做“吉奥之星”项目，1992年申请国家资金，2001年“国产GIS基础软件吉奥之星的研制与工程应用”获国家科技进步二等奖，随后，李德仁组建了吉奥公司，开始了产业化。1994年，李德仁花了2万元买来一辆旧吉普，在车上装GPS，装激光惯性导航系统(INS)，装CCD(电荷耦合器件)，装电脑等设备，做成一部3S移动测量车，系统做出来的时候，他的弟子用这部车载着湖北省省委书记、省长、科技厅厅长等领导在原武测校园兜了一圈，车上的屏幕能准确地把校园地图和GPS点位显示出来，这一成果得到了领导们的表扬。

根据这一新思维，李德仁开始引进投资创建立得公司，2007年，测绘遥感信息工程国家重点实验室和立得公司联合研制的“基于3S集成技术的LD2000系列移动道路测量系统”获国家科技进步二等奖。

从1994年到2007年这十几年的时间里，李德仁攻克数据“时空同步”的技术难关，做出第一套产品卖给韩国用户做智能交通地图，还派技术员到韩国，与用户配合，一边使用，一边修改、完善全部软件系统。

另一个成功的3S技术集成系统的例子，是2015年初由立得空间自主研制出的集全景相机（CCD）、GPS、GIS、激光惯性导航系统（INS）和920m超远距离激光扫描仪（LiDAR）为一体的移动式测绘系统（mobile mapping system）。该系统将GPS/INS，CCD LiDAR实时立体摄像系统和4D测绘产品（DEM数字高程模型、DOM数字正射影像、DLG数字线划图、DRG数字栅格图），以及卫星导航定位（GNSS）、卫星遥感（RS）和地理信息系统技术（GIS）进行集成。

与此同时，在王之卓等前辈专家的率领下，测绘遥感信息工程国家重点实验室于1989年初由国家计委正式批准成立；1991年世界银行贷款启动，成为世界银行在中国的七个跟踪示范实验室之一；1992年国家测绘局投入开放研究基金，实验室正式对外开放；1995年通过由国家教委、国家计委和国家测绘局组织的联合验收；1996年在国家自然科学基金委组织的评估中，名列地学部14个国家重点实验室第5名；2000年参加国家自然科学基金委组织的评估，名列地学部28个国家重点实验室和部门开放实验室第4名，被评为优秀国家重点实验室；2004年，在国家科技部等部委召开的国家重点实验室建设20周年总结表彰大会上，实验室被授予先进集体称号，获“金牛奖”。2005年再次被国家自然科学基金委评为优秀实验室。

作为中国测绘学科唯一的一所国家级重点实验室，李德仁担任测绘遥感信息工程国家重点实验室第四届学术委员会主任。

国家重点实验室是相关领域的“国家队”，实验室有固定人员 97 人，其中，研究人员 86 人。研究人员中，院士 7 人；教授 57 人，副教授 25 人；博士生 67 人，45 岁以下的中青年科技人员 46 人。如今所设的研究室有：航空航天摄影测量、遥感影像信息处理、空间信息系统、精密空间定位、3S 集成与空间信息服务、多媒体通讯以及海洋监测与数字工程研究中心等。

从细分到整合，以 3S 集成为标志，测绘技术发展到一个新阶段：传统测绘学逐步完成了向地球空间信息学的过渡和提升。

细分思维与整合思维，是不同的思维方式。一般而言，逻辑思维倾向于细分，形象思维倾向于整合。如果比较中西方文化，似乎西方的文化思维也倾向于细分，而中方的文化思维更倾向于整合。这在中医与西医的诊治原理上，表现尤其明显。比如，西医分科极细，细到牙科医生甚至都不看其他口腔疾病，而中医则凭着“望闻问切”可兼治百病。

李德仁说，有一次他与阿克曼教授、格拉发伦特教授聚会，两位德国教授在同一所大学供职，一个搞大地测量，一个搞遥感，是同事，他们的工作地点，一个在楼上，一个在楼下。聊到“3S集成”，他们表示赞赏，又有些惊讶，吃饭时聊天，他俩相视而笑，说：“我们两个为什么没有搞集成呢？为什么？”显然这是一个关于思维方式的问题。

李德仁少年时代喜欢过诗，身上不乏形象思维能力，再加上他原本就诞生于一个“无”中生“有”的地理环境中，喜欢思考，天马行空的想象力，为他的科技创新插上了翅膀。

地球空间信息学是测绘遥感科学与信息科学技术的交叉、渗透与融合，也是一种整合思维，它作为地球信息科学的一个重要分支学科，可为地球科学问题的研究提供空间信息框架、数学基础和信息处理的技术方法；同时，它又通过多平台、多尺度、多分辨率、多时相的空、天、地对地观测、感知和认知手段改善和提高人们观察地球的能力，为人们准确而全面地判断与决策提供了大量可靠的时空信息。1996年，国际标准化组织（ISO）对地球空间信息学（Geomatics）给出了它的简明定义：“Geomatics is the modern scientific term referring to the integrated approach of measurement, analysis, management and display of spatial data.”

李德仁提出的地球空间信息学的概念与理论体系：

1. 时空信息获取的天地一体化和全球化。

2. 时空信息加工与处理的自动化、智能化与实时化。

3. 时空信息管理与分发的网格化。

4. 时空信息服务的大众化。也就是说，通过“数字物的获取，数字的描述和数字的分析”，为大众提供实时信息服务。

地球空间信息科学让地球空间信息的数据采集，形成海陆空一体化的传感器网络，并与全球信息网格相集成，从而实现自动化、智能化和实时化地回答何时（When）、何地（Where）、何目标（What Object）发生了何种变化（What Change）的问题，并且把这些时空信息（即 4W）随时随地提供给每个人，服务到每件事（4A 服务：Anyone，Anything，Anytime and Anywhere）。

在此基础上，2005 年，李德仁再次提出一个理论，要把天上的卫星、空中的飞机、地上的移动测量系统与网上的 GIS 全放在一起，叫“广义空间信息网格”，要把图像处理、GPS 处理由在地上做放到天上做，叫“在轨数据处理”，他希望到 2020 年能构成一个天上、地上合在一起，能够实时更新、处理数据的一个实时、准实时系统。

李德仁，这时已从一个作战指挥员成为参与国家决策的科学家，站到了国家的高度，有着全球的视野。

“2017 年 6 月 4 日，中国工程院重大咨询项目‘天基信息实时服务系统（PNTRC）发展战略研究’的启动会在京召开，14 位院士围绕该项目进行深入研讨。中国工程院党组书记李晓红院士出席。

“出席会议的院士还有：项目组组长李德仁，副组长王礼恒，专家组成员王永志、沈荣骏、周建平、樊邦奎、谭树森、龚惠兴、杨士中、姜会林、李建成、龚健雅、陆建华。

“‘天基信息实时服务系统（PNTRC）发展战略研究’咨询项目是中国工程院 2017 年度启动的 14 项重大咨询项目之一，旨在对我国未来天基信息实时服务系统建设目标、技术体系、可行性、运行服务模式等进行科学论证，提出我国军民融合的 PNTRC 系统发展战略建议。对我国未来天基信息系统的科学规划具有重大指导意义。”

以上文字截取自《武汉大学新闻网》的报道。我把三个关键词“PNTRC”“发展战略”“研究”从一个完整的句子里提取出来。并把“项目组组长李德仁”“进行科学论证”“发展战略建议”这三个内容记在采访本上。显然，作为项目组长，面对这个正在进行中的项目，李德仁任重道远。80 岁的李德仁，心中关心的是如何实现通信、导航、遥感卫星一体化组网，让人工智能上天，从而实现自动、实时地为军民用户提供PNTRC服务，即提供位置、导航、实时、遥感和通信服务，实现天基信息的大众化服务。

五、“空间数据挖掘理论”与院士亲兄弟

天基信息实时服务系统（PNTRC）作为一项发展战略，正在进行科学论证。PNTRC：P是定位，N是导航，T是学术，R是遥感，C是通信，把五位一体做成一个空间信息网络。就是把带有遥感、通信、导航载荷的卫星和飞机等空间结点构成，通过动态建设网，实时获取，传输和处理海量数据，实现天基信息的体系化运用。

这是一篇大文章，关系国家和民族的大文章。

2018年6月2日12点13分，酒泉卫星发射中心，武汉大学的“珞珈一号”科学实验卫星通过搭载长征二号运载火箭成功发射，12点27分03秒，顺利进入预定轨道。截至发稿前，卫星状态正常，进入在轨测试阶段。研发团队依托地球空间信息技术协同创新中心、测绘遥感信息工程国家重点实验室、遥感信息工程学院、高分辨率对地观测系统湖北数

据与应用中心等组建，由李德仁担任首席科学家，测绘遥感信息工程国家重点实验室教授张过等牵头完成。

这也是李德仁接受采访时多次说到的“一星多用、多星组网、多网融合、实时服务”，他还说，今年 6 月 2 日发射珞珈一号科学实验室卫星 01 星，是我国首颗夜光遥感卫星，也是我国首颗同时具备对地观测与卫星导航增强功能的低轨卫星。夜光遥感分辨率为 130 米，理想条件下可在 15 天内绘制完成全球夜光影像，提供我国及全球 GDP 指数、碳排放指数、城市住房空置率指数等专题产品，动态监测中国和全球宏观经济运行情况，为政府决策提供客观依据。同时，它还搭载导航增强载荷，开展卫星导航信号增强和星基北斗完好性监测技术验证试验，为我国开展新一代导航信号增强关键技术的研究和“一星多用”的集成化空间信息系统建设理论提供试验依据。经过几个月的运行，这两个任务都取得圆满成功。

真有点像评书中常说的那样：说时迟，那时快。太快了！我的文章还在写作过程中，珞珈一号 01 星已经升空登天。计划中“珞珈一号”02 和 03 星还将分别于 2019 年、2020 年上天。

据悉，“软科世界一流学科排名”使用一系列国际可比的客观学术指标对全球大学在相关学科的表现进行测量，包括科研规模、科研质量、国际合作、高水平科研成果、国际奖项等。2018 年排名覆盖 54 个学科，涉及理学、工学、生命科学、医学和社会科学五大领域，共有来自 83 个国家和地区的 1600 余所高校最终出现在各个学科的榜单上。2018 年 7 月 17 日，软科正式发布 2018“软科世界一流学科排名”（Shanghai Ranking's Global Ranking of Academic Subjects）。在最新排名中，武汉大学的遥感科学与技术、清华大学的通信工程、北京航空航天大学的航天航空工程均位列世界第一。

从“李德仁方法”开始，从几何学到信息科学，从单一学科到多学科交叉集成的新学科。李德仁从测绘、遥感出发，始终走在科技创新的前沿，始终面对严峻的现实，一步一个脚印走到今天。

李德仁步步登高，“测绘”的是天地，“遥感”的是世界，“挖掘”的是未来。

李德仁不仅始终走在科学的前沿，还不断在创造前沿的科学。一个个理论观点和一项项科技创新，持续在佐证这一点。

“空间数据挖掘理论与应用”就可以视作这样一个理论

体系。尽管还是一个有待进一步完善、完备的体系。

说到“空间数据挖掘理论与应用”,很自然地便联想起“天基信息实时服务系统”。这不是同一件东西,却有着内在的关联。请注意“天基信息实时智能服务系统一体化”提法。“实时”的意义,大家都能明白。比如导航开车经过路口,如果提示信息滞后,不能实时发声,车辆即可能错过正确路口或走向错误路口。如果是战争状态下用于导弹的导航呢?那可是人命关天的大事。因此,“实时”的时间差越小越精准,越能发挥作用。

“实时”服务由谁提供?如何才能更精准迅捷?得借助于高运算的计算机,借助于人工智能,因为,让天上的卫星向互联网,来汇总、筛选、处理信息,并与终端实时互动,是“天基信息实时智能服务系统一体化”必须达到的基本要求。如此庞大的数据量处理,人力根本无法胜任,何况还必须“实时”快捷,因此,人工智能的介入势在必行。

人工智能在今天,严格意义上已算不上一个陌生话题。只是,它并不属于李德仁的学科专业,也在我采写范围之外。人工智能应是另一篇文章,将由另外的人去写。

《空间数据挖掘理论与应用》这本著作的一些重要内容则是由人工智能学科参与和构成。这本署名李德仁、王树良、李德毅的著述(2006年科学出版社出版),内容包括:云模型、数据场、地学粗空间和空间数据挖掘视角等新技术,构建空间数据挖掘金字塔,研究空间数据挖掘的数据源,导出空间观测数据清理的"李德仁法",研究基于空间统计学的图像数据挖掘,提出"数据场—云"聚类、基于数据场的模糊综合聚类和基于数学形态学的聚类知识挖掘算法等等。此书的上架建议:本书可供空间数据挖掘、计算机科学、地球空间信息科学、GIS、遥感(RS)、全球定位系统(GPS)、数据分析、人工智能、认知科学、空间资源规划、土地科学、灾害防治、管理科学与工程和决策支持等领域的研究人员和开发人员使用,亦可作为高等院校相关专业的本科生、研究生教学用书和参考用书。

这里就要说到李德仁的弟弟李德毅。李德毅是一个人工智能专家,中国人工智能学会会长,中国工程院院士、欧亚科学院院士,指挥自动化和人工智能专家。在采访中我问李德仁,如果李德毅不是您的亲弟弟,如果你弟弟李德毅不是人工智能专家,这样大规模的跨学科合作,这样的跨学科的理论构建,是不是也以这样的方式合作开展?提问后,我并没有往里面深究,尽管这又是一个极其微妙且有趣的话题。

在采访中得知,李德仁和李德毅俩兄弟见面聊天,常会

2015 年 **11** 月 **5** 日，李德仁与弟弟李德毅院士合影

涉及到学术话题。1993 年，李德毅聊到计算机科学界开展数据挖掘的研究动向，当时李德仁正在研究“地球空间信息学”，他觉得空间数据库的数量、人小、复杂性也在激增，特定问题或特定环境下的空间数据，似乎是一种原始的、混乱的、不成形的自然状态积累，但又是一种可以从中生长出秩序和规则的源泉，为什么我们不去研究空间数据挖掘呢？

1994 年，在加拿大第五届 GIS（地理信息系统）年会上李德仁提出了“Knowledge Discovery From GIS ”的理念，建议在智能化 GIS 中利用数据库发现知识（KDD）的方法，透过表现上的千头万绪、杂乱无章，去挖掘蕴含其中的规则性、有序性、相关性和离群性。

随后，这两个跨学府、跨学科的兄弟院士，筹划共同指导空间数据挖掘的博士。先后带出了邸凯昌、王树良（书的另一个作者）两位博士，邸凯昌在完成博士论文后立即被美国俄亥俄州大学邀请为博士后研究员，接着二人又指导王树良在邸凯昌的基础上继续向前研究，后来，他们兄弟二人组建了自己的团队，目前已经发展为由数十名院士、教授、副教授、博士后、博士生和硕士生组成的老中青相结合的、地球空间信息和计算机科学等学科交叉的梯队。中国科学院老院士，地图学、遥感学专家陈述彭在书的序言中说：李德仁李德毅兄弟二人敏捷的思维、渊博的知识、高屋建瓴的学术视野、实事求是的治学态度、执着的人生信念和宽以待人的品质，引导和激励着整个研究团体在空间数据挖掘的道路上稳步前进。

应当说，这是一个难题，也是非常值得深入研究的大课题。据分析，计算机数据采集和存储技术的发展，使得数据库急剧膨胀，造成“数据过量而知识贫乏”的瓶颈，而过量的数据中大约有 80％与地理分布有关。就是说，面对持续增长的海量空间数据，人们已经很难在没有知识辅助的情况下完全理解数据。实际上，相对于一般的事务数据挖掘，空间数据挖掘更为复杂，挖掘的对象不仅包含位置数据和属性数据，还有实体间的时间空间关系，而且空间数据的结构也比较复杂，既有表格数据，也有矢量数据和栅格数据。

李德仁在他兄弟李德毅的协助下，共同创立这样的知识体系和研究团队，何其重要！

这也可以说是一本奇书。韩家炜（国际知名数据挖掘专家）说：由于两院士的不同学科构成，他们的合作学术成果《空间数据挖掘理论与应用》，让计算机科学的读者学习了解地球空间信息科学的知识，地球空间信息科学的读者可以学习计算机的知识，空间数据挖掘的读者可以找到自己的归宿。

美国科学院院士 Lotfi A. Zadeh 在书的序言中说："在研究空间数据挖掘的过程中，他们把计算机科学的数据挖掘理论和地球空间科学的空间特征紧密地结合在一起，得到了我们国际同行的认可。"

由此可见，"空间数据挖掘理论"是整合思维的呈现，也是学科交叉的结晶。写到这里，我其实也很想见一见李德仁的亲弟弟李德毅，从李德仁的角度，从该学科理论建设的角度，也作为一个里下河的同乡人。

2013年，应斯普林格出版社社长之约，空间数据挖掘理论的英文版正式出版，很快就获得计算机科技界的关注，在该社“聚焦中国科研”中被选为该领域截止2016年最具影响力的著作之首，累计下载量已超过1万5千次。

尾声

文章写到这里，方知在既定篇制范围，根本无法把想写的内容全写出。写文章是一个取舍的过程，而且总不免带着遗憾。按照文章的篇制要求，我却只能写到这里。

细想一下，此文的书写对于我还真是一次极不容易的跋涉。一是题材内容在我的知识边界之外，写作过程也是一个了解、学习、增进知识的过程，二是传主的特殊性。通常，一个专业人士大都在其专业范围跋涉，而李德仁不仅在学科专业深入的基础上，还跨越其他学科专业或融汇其他学科专业，跨学科，突破细分边界，进行一系列似乎很难想象的整合，拓展。并且这一拓展，始终在进行中或始终在路上。这似乎是李德仁明显区别他人的特点。始终在路上，对于一个锐意进取的人，应当说也不罕见。罕见的是李德仁作为一个成功人士，一个测绘界的泰斗级人物，却始终在路上。这其实是极难做到的事！一般来说，一个成功人士即便自己不止步，也很容易被鲜花、镁光灯包围，被红地毯、被已有的名声牵制，使得他在成功面前自觉不自觉地稍事逗留。而李德仁却没有丝毫的停顿与迟滞。

在文章立意之初，我首先遭遇命名的困难，思来想去，似乎任何一种命名都意味着有缺失。

李德仁祖父撰写的《李氏家训》，有“敬德修业，发奋图强”云云，语出于《论语》。遥感，指的是通过遥感器这类对电磁波敏感的仪器，在远离目标和非接触目标物体条件下探测目标地物。在李德仁这里，“敬德修业”好比是他的“遥感”器，而“目标地物”则是李德仁面对的整个科学世界。

写到这里，我还想起爱因斯坦说过的一句话：提出一个问题往往比解决一个问题更重要。因为解决一个问题也许只是数学上或实验上的一个技巧问题，而提出新问题从新的角度看问题却需要创造性的想象力，这才标志着科学的真正进步。想象力这一词汇，又让我想起李德仁的生身之地里下河，想起岛屿上现实中的“无”与想象中的“有”。

李德仁自 42 岁步入科学轨道以来，不断提出问题，他的创新思想始终在跑道上一路狂奔：

1982 年，他提出的选权迭代法，被国际测量学界称为“李德仁方法”。

1985年,他提出误差可区分性理论,科学地“解决了测量学上一个百年来的问题”。

1990年,他提出地球空间信息学的概念和理论体系。

1994年,他提出并奠定空间数据挖掘的基础。

21世纪以来,他又提出广义与狭义空间信息网格,推进数字地球与智慧地球的建设。

眼前,年近八旬的李德仁依旧精神抖擞,他侃侃而谈,谈笑风生。在他的话语中,天基信息实时服务系统,卫星互联网,这样一些前沿的正在向前推进的学科项目,与他同行,并且,有一些他已经遥感到的界域,正有待他去发现开拓。

显而易见,李德仁是一个没有讲完的故事。或许,这篇文章只是李德仁这部大书的一个开头。

本文作者简介：

子川，诗人、专业作家、中国作家协会会员、中国诗歌学会理事、江苏作家协会理事、江苏省中华诗学研究会副会长、苏州大学文学院兼职教授。

曾出版《总也走不出的凹地》《网络中国投影》《把你凿在石壁上》《子川诗抄》等11本专著。作品曾被90多种年选、选本选载，收入大学《写作学教程》，译成英、法、德、日、韩等国文字。

从战士到院士

——记中国科学院院士杨元喜

● 周桐淦

杨元喜院士

杨元喜简介：

杨元喜，大地测量专家，1956年7月出生于江苏泰县。1980年毕业于郑州测绘学院。1991年获中国科学院测量与地球物理研究博士学位。1996获德国洪堡奖学金资助。2007年当选为中国科学院院士。中国导航应用管理中心研究员。曾任郑州测绘学院教授、博士导师；国际大地测量协会(IAG)第四委员会秘书；《测绘学报》常务副主编；中国科协科普委员会副主任；国家自然科学基金委员会咨询专家；北斗卫星导航系统重大专项专家委员会委员；第十二届全国政协委员。

先后主持完成“2000国家GPS大地控制网数据处理工程”和“全国天文大地网与空间网联合平差工程”。创建“相关观测抗差估计理论”和“自适应导航定位理论”。2项成果获国家科技进步二等奖；5项成果获省部级科技进步一等奖；1999年获中国科协“求是杰出青年实用工程奖”；1998年获国家杰出青年基金，2011年获“何梁何利科技进步奖——地球科学奖”。

1

战神拿破仑留给世界的难以历数的经典战例，抵不上他的一句励志名言："不想当将军的士兵不是好士兵。"他也以自己在军中的摸爬滚打和出生入死之经历，书写了一曲从士兵到将军、从士兵到元帅的人生传奇。

可是，19世纪初叶的法国大帝拿破仑怎么也不会想到，士兵不仅可以成为将军，士兵还可以成为科学家，战士还可以成长为科学院院士。

200年后的世界东方，来自农家的中国人民解放军普通一兵杨元喜，用了33年的时间，学海行舟，书山攀援，完成了从战士到中国科学院院士的凤凰涅槃。

2

1974年12月，初冬的镇江火车站，运载新兵的专列汽笛拉响了，杨元喜扑通乱跳的心脏，也随着车轮"吭哧、吭哧"的转动，有节奏地正常跳动起来。看着满车厢被草绿军装映衬着的青春面庞，摸一摸刚刚换上身的簇新军装，杨元喜在心底里笑了。那个年头，大学停课搞整顿，工厂关门闹革命，城里的中学生毕业后，基本上都是“上山下乡”插队锻炼，农村的孩子中学毕业后，统统回乡继续“接受贫下中农再教育”。所以，军营圆梦是那个年代的青年最好的人生选择，往往一个参军名额不是十里挑一，而是几十挑一、百里挑一。况且，对于刚刚高中毕业两年的农村青年杨元喜来说，对能否参军似乎还有着另外一层的心理担忧，身高和体重。杨元喜一直在担心自己的身高、体重不合标准，生怕被“提溜”出来，滑到“另册”中去了。2018 年 7 月 29 日，在杨元喜的家乡姜堰区梁徐镇，已从泰州市姜堰区中医院党委书记任上退休的同学王吉根还说，“当年杨元喜能参军真是没有想到，我俩高中一直同班同桌，座位一直在第一排平行移动，高中两年，我们的身高记录始终保持在 1.45 米，体重就不要说了，又瘦又小，身高和体重应该都不合条件。分别 46 年了，我现在的身高是 1.65 米，不知杨元喜后来长高了多少？”

当年，新兵身高和体重的标准是：男性身高要求 1.60 米以上，标准体重要求是 50 公斤，超重或不足的，视身高指数，上不超过 30％，下不低于 15％。以这两项“硬指标”来衡量，当年杨元喜的身高和体重应该不占任何优势。

但是，杨元喜却过关了，而且，不是“混”过关的，是挑选过关，真的是“百里挑一”挑中的。

那个特殊年代，接兵人员对征兵对象的家访既细致，又严格。现在的泰州市姜堰区，那时的区划还隶属于原扬州地区的泰县。那一年到泰县梁徐公社接兵的是解放军总参谋部某测绘大队，用当时时髦的话说，是技术兵种。因此，接兵人员既要考虑身高、体重，更在“家访”中有意测试应征对象的实际文化水平。

杨元喜在同年级同学中个子小、年龄小，但却是出了名的“小机灵”，糊里糊涂上了小学，也糊里糊涂成了村校的“学霸”。因为家境贫寒，杨元喜的姐姐虚龄10岁时，才被动员去村里小学读一年级。姐姐在家中排行老大，除了担负力所能及的家务外，还兼带着照看小自己4岁的弟弟元喜。姐姐要去读书了，弟弟怎么办呢？农村学校没那么多清规戒律，为了增加一个适龄儿童入学，破例允许杨元喜姐姐带着弟弟上学。这样，当时的梁徐公社双登小学就出现了这样一道特别的风景，姐姐杨龙英坐在高凳子上读书，身旁小板凳上坐着“旁听”的弟弟杨元喜。课堂上多次出现这样的场景：老师提问姐姐杨龙英问题，姐姐还在思考之中或者磨蹭着翻课本找答案，没有书本、坐在小板凳上的弟弟抢先站起来说出正确答案，课堂上当然引起一阵哄笑。久而久之，同学们习惯了，老师索性因材施教，给这位旁听生在第一排安排了座位，相差四岁的姐弟俩成了正式的同班同学，且后来一直同学到初中毕业。

回忆起这一段姐弟同学的经历，姐姐杨龙英十分感慨，她说她是插班生，人家早开学了，老师上门反复做工作，最后家人才同意她带着弟弟进教室。因为过程曲折，所以她对人生第一课至今难忘，脱口而出说她上的第一课是课本上的第8课，题目叫《六个墨水瓶》。今年67岁的杨龙英性格爽朗，说记得书中有这么一句，“今天真不走运，一连吃了六个墨水瓶”。我后来认真查找了上世纪60年代的小学课本，发现《六个墨水瓶》是小学语文课本第3册的第8课，是克鲁普卡娅回忆丈夫列宁的文章片段，记叙了列宁在狱中用蘸水笔蘸牛奶坚持写作的故事。列宁写过字的“白纸”传到外面，可以在清水中显影出来。列宁趁吃早饭的时候，将牛奶藏在面包样的“墨水瓶”里，沙皇狱卒来查房时，他就将“墨水瓶”吞进肚子里。如此算来，杨龙英10岁插班上学上的是二年级。57年过去了，她还清晰地记得第一课，记得第一课中的关键词：面包、牛奶、墨水瓶，佐证了“饥寒”和“学习”这两个词，或者直白点说，在饥饿寒冷中勤奋学习，给这对姐弟的心灵烙下了深深的印迹。

杨龙英接下来眼含泪花地讲述了她和弟弟上学的另几个片断。

杨龙英说，她上学的路上，除了带书包，还要带只篮子，放学时要打回来一篮子猪草。元喜上学除了书包，也要背一只篮子，或畚箕，他的任务是来回路上要拾粪，牛粪、狗粪、猪粪等都要。拾回来的粪便一般送到生产队换成“工分”，那个年代口粮标准是和“工分”挂钩的，工分越多，口粮标准越高。冬天、雨日是求学阶段很难过的日子，尤其是冬季的雨日。杨龙英说，上四年级时的一个冬日，姐弟俩冒雨上学，因为从家到学校都是农村中的田埂路段，那时候既没有球鞋（解放鞋），也没有雨鞋（胶鞋），更谈不上袜子，姐弟俩怕将布鞋淋湿弄脏，索性光着脚板、夹着鞋子向学校奔去。奔跑进了校门以后，两人踉踉跄跄，双脚已经冻得不听使唤了。老师见状赶紧让同学打来温水，让姐弟俩泡脚。杨龙英说那是一种刻在心里的享受，又温暖又痛苦。农家孩子平时没有温水洗脚的习惯，冻得麻木的双脚伸进温水中，那应该特别温暖啊。不，因为没有袜子、棉鞋等过冬御寒用品，那时农村孩子的脚板都裂开了不少口子，脚上裂开的口子在冰冷刺骨的泥水中泡过以后，再往热水中一放，那种钻心裂肺的疼痛，现在想起来都身子发抖。

小学、中学阶段的生活磨难，在杨元喜的心灵中留下印迹的却不仅仅是这些。2018 年 4 月 27 日上午，杨元喜在北京的办公室里平静地回忆道："中小学阶段留给我的记忆，就是上课和考试。我一直是班上个子最小的一个，又瘦又小。跑不快，跳不高，体育方面的任何一项运动我都靠不上边。那时农村学校劳动课多，劳动时我都很难找到搭伴的同学。就连课间活动，我除了上一趟厕所，就是重新回到座位上看书。男女同学之间的叽叽喳喳、嘻嘻哈哈，从来都没有我的份。但是，学生的特点、特别是青春期学生的特点之一是刷存在感。我的存在感在哪里呢？我渴望考试，每次考试和考试后的试卷评讲，就是我的盛大节日。特别是考试之后，老师在宣读前几名的成绩和试卷讲评时，一般会出现我的名字。后脑勺都能收获到'羡慕嫉妒恨'的眼光。"

讲到中学时代，杨元喜说在梁徐中学的两年高中学习生活特别难忘，对社会的认识、对世界的了解、对人生的憧憬，似乎都从那时开始有了属于自己的朦朦胧胧的思考。这一切源于一个人和一件事。一个人就是当年的梁徐中学校长陈祥雨，陈祥雨本来是县文教局的青年干部，局级领导的后备培养对象，局长在"文化大革命"中受冲击、被打倒了，"接班人”“黑苗苗”陈祥雨被一连串牵了出来，随后就是靠边站，接着下放到了梁徐中学。哪知，到梁徐中学担任“革委会”主任后，陈祥雨“不思悔改”，初中、高中的课程还是变着法子按“文革”前的那一套来，原来三年的学制压缩为两年了，陈祥雨就要求每天课程中的6节主课雷打不动，学制缩短，课程内容不变。这样，当社会上批判“修正主义”教育路线回潮的时候，陈祥雨又成了梁徐镇教育界“上挂下联”的活靶子，大大小小的批判会都把他请去当反面教员。一次，梁徐中学全体师生在本校召开批判大会，又一次“靠边站”的陈祥雨被作为批斗对象押上台之后，恃仗着校长的“余威”，陈祥雨抢过话筒首先发言：“你们可以批斗我，但必须让我先讲两句话。第一句话，不管什么革命，不学习永远不是真正的革命。第二句话，不管你们将来是农村人还是城里人，不学习永远不能成为真正的人……”在那样一个近乎疯狂的年代、那样一种狂热的氛围下，陈祥雨的胆大和“妄言”激起的批判声浪、给自己带来的后续冲击可想而知，但对一位正在拔节生长、志存高远的青年学生来说，心灵的震撼却有如醍醐灌顶，终生难忘！

心灵受到极大震撼的还有当时的另一位梁徐中学的学生。因为陈祥雨先生后来成了姜堰、乃至泰州教育发展史上的一位名人和奇人，所以，一次在南京工作的姜堰同乡聚会的时候，我把从杨元喜那儿听来的、关于陈祥雨校长的这段令人肃然起敬的佚事讲了出来，不想，邻座的国家农业部南京农业机械化研究所原党委书记曹曙明一把抓住我，说巧了！他和杨元喜是高中同班同学，他当时是班长，现在与杨元喜还时有电话交流。曹曙明与我是大学同校同届不同专业的校友，于是，今年盛夏，我们二人相约，有了一次对陈祥雨老人令人难忘的拜见。

祥雨校长声名鹊起于恢复高考时的 1978 年，1977 届、1978 届两届高考，泰县的录取率名列全省前茅，梁徐中学的班级录取率是全县第一。顺理成章，县城筹办姜堰第二中学，点将陈祥雨组阁，现在，江苏省姜堰第二中学，是继江苏省姜堰中学之后，该区的第二所四星级省属重点高中。姜堰的名片之一是“教育之乡”，一个县级区拥有三所名闻遐迩的四星级高中，这在教育强省江苏，不管是否第一、是否唯一，都是一件很值得姜堰人吹“牛皮”的事情。二中之后，陈祥雨又作为主创人之一，参与了姜堰励才初中和泰州民兴中学的创办，这两所学校，现在也都是雄霸一方、炙手可热的名校。陈老校长已经年过 80，寓居泰州城内，老人家显然欣慰于自己平生的教育实践，乐于各路学生来访。他说他读书和在县文教局工作时，名字是陈翔宇，天地翱翔的翔，宇宙洪荒的宇，还有那么点志向和抱负，想干点经天纬地的事情。但“文革”中受到冲击，特别是被发配到梁徐乡下时，人生好像被浇了一盆冷水，有点清醒了，用现在的话说是“接地气”了，于是，把名字改为陈祥雨，立志将毕生心血和精力，化作知识的细雨，洒向乡村的孩子。

我代表曾受过他“雨露甘霖”的学生杨元喜向他问候，他连说记得、记得。老人家说，老师最难忘怀的一般都是“两头”的学生，特别优秀的和特别调皮的。杨元喜是前一种，学习好、品行好，安静、好学，父亲是残疾退伍军人，对子女要求特别严格。陈校长当年还兼任着公社党委委员，所以，他记得很清楚，当年公社党委会审查通过新兵时，杨元喜的身体条件不是太好，但接兵部队在多方面了解之后，以需要品学兼优的文化兵的名义，坚持点名把他要走了。

3

那一年到泰县梁徐公社接兵的部队，还真是一支特别需要有文化、能吃苦耐劳精神的优秀青年的部队。这支部队就是后来被中央军委授予“英雄测绘大队”的原中国人民解放军总参谋部第一测绘大队。与杨元喜同在一个新兵连的战友蒋训华回忆说，新兵连大半是农村中学毕业的土包子，大半新兵是第一次坐火车，新鲜、刺激。火车从镇江一直开进天津站，谁都想能到天津街上溜达几下，但下了火车就进了遮蔽得严严实实的军用卡车，到了驻地才知道，第一站是新兵训练基地，天津郊区的蓟县孟家楼——平津战役纪念馆所在地，新中国成立前三大战役中的平津战役前线指挥部就在这里。因为是测绘部队，新兵集训既有高强度的体能训练科目，又有与专业相通的数理课程。蒋训华与杨元喜既是新兵连的战友，又是梁徐中学的高中同学，蒋训华说，新兵集训期间，杨元喜业务学习上的刻苦扎实和体能训练中的坚忍顽强，都给大家留下了深刻的印象。1975 年 3 月，新兵连训练结束，杨元喜即打起背包，跟随一个测量分队，直接到新疆执行任务去了。

现在该来稍微详细介绍一下杨元喜服役的这一支部队了。

有一首歌唱道：

热血绘经纬，

铁脚走河山，

背囊一个家，
使命千斤担，
把忠诚写满陆海空天。

这首歌的歌名叫《测绘兵之歌》，这几句歌词基本上概括了 2000 年之前中国人民解放军测绘兵的风采和辛苦。总参第一测绘大队是全军唯一一支从事野外高精度和急难险重大地测量的高技术战略部队。这支部队从建立的那天起，就紧紧围绕军事测绘“认知地球、透明战场、精测目标、实时导航”的战略使命，大力弘扬“为祖国奉献、为军队争光、为人民造福”的光荣传统，以“踏遍神州，勇闯禁区”的英雄气概，攀登雪域高原，征服沼泽河流，挺进戈壁沙漠，开辟科研基地，为我军的信息化战场建设、尖端武器试验、航空航天发射等提供了高精度的测绘保障。正像歌中所唱的那样，“把忠诚写满海陆空天”。

不过，杨元喜在 1975 年走进这支部队的时候，中国人民解放军的测绘兵还做不到“海陆空天”任意潇洒。我们的装备实在是落后，探海，往往是望洋兴叹；测天，多半是仰天长叹！那时的测绘兵只能靠“铁脚走河山”，用“热血绘经纬”。因为经常要小股野外作业，背囊里除了沉重的光学经纬仪，有时还要塞进野外生存的睡袋。而杨元喜的背囊比别人还要重一点:基础数学、测绘专业书籍等。那时,我们的测绘战士脚穿劣质的解放鞋,肩扛笨重的光学经纬仪,为消灭中国无图区,而涉水淌沟,穿山越岭。

杨元喜除了完成测绘方面的“规定动作”以外,唯一的、几乎也是全部的自选动作就是看书、看书、看书,而且侧重数学和与测绘有关的业务书籍。

采访中,杨元喜无意间透露出的一个细节,足可见他当年的心无旁骛。杨元喜说,几十年来,他不看电视、不看电影、不看演出,连小说都没有读过。讲过这段话之后他顿了一下,又补充道:“小说只看过一部,那是在新疆执行任务的时候,被风沙困在帐篷内,带去的业务书看了又看,没有书看了,一位战友推荐了本好小说,《第一次握手》,看了,的确不错!”稍顿,他又补充,“平生到目前为止,就看过这一本小说。”

待他讲完,我尝试着纠正道:“是不是《第二次握手》? 张扬写的。”

杨元喜肯定地答道,“对! 张扬写的,湖南作家,《第一次握手》,《第一次握手》!”

在场的人都笑了,坐在我身边的姜堰区政协副主席李新荣笑出了泪花，与我侧耳细语，看来杨老师真的不读小说。

既然杨元喜一门心思扑在测绘学上，正好上级分配来一个推荐报考解放军郑州测绘学院的名额，部队领导毫无争议地把这个名额给了杨元喜，杨元喜也毫无争议地以数学满分的成绩，录取为该校测绘学专业1977级的大一新生。

接下来的人生之路，用杨元喜的话说，基本上是顺风顺水。

1991 年荣获为中国做出突出贡献的硕士学位

进了专业对口的高校，杨元喜的感觉可以用"天高任鸟飞，海阔凭鱼跃”来形容。

寒假，哪怕是除夕、春节，杨元喜也设法猫在教室。

暑假，即使探亲、归队，杨元喜也整天与书作伴。

杨元喜以优异成绩获得了郑州测绘学院测绘学的本科毕业证书，他购好回天津第一测绘大队的车票，打好背包，整理好行装准备返回部队的时候，学校通知他，组织上经过与原部队协调，决定让他留校，担任大地测量学助教。

杨元喜心想，既然留校了，助教只能是继续前行的一级阶梯，助教远不该是自己人生的终极目标。留校之后，杨元喜迅速将目光瞄上报考硕士研究生。

顺风顺水中，也发生了意想不到的事情。

1982年，第一次考研遭遇了滑铁卢，总分第一、专业成绩第一，但英语只有47分，离录取标准50分差了3分。外语拖住了后腿，落榜了，这是那个年代毕业的中学生共有的“痛”！那时的学校里普遍出现过这样的标语：“我是中国人，不用学外文。”本应与语文、数学、物理、化学同等重要的外语课，那个年头成了副科，课时与体育、音乐等科目等同。杨元喜坦陈，高中毕业以后，英语课学的知识，只剩下过去时、现在时、将来时三种时态句式的记忆，什么语音、语法、词性等统统稀里糊涂地还给老师了。但杨元喜明白，要想读研，外语是必须要跨过的一道坎。杨元喜不服输的倔劲又上来了,口袋里放满了中英文对照的单词卡片,走路读,乘车看,连在食堂排队打饭的时候,也要掏出几张卡片看几眼、背几段。

想不到,第二学年研究生招生的外语考试中,和应届本科毕业的考生混编在一起,杨元喜竟然考了个总分第一。而且,口语也一步步"盖帽"了,以至于在现在的专业国际会议上,杨元喜几乎成了中国卫星导航最活跃的发言人和疑难问题的特别答疑人。当然,这是后话,我们先按下,暂且不提。

接下来,又有几件想不到的事情在杨元喜身上发生。

1988 年晋升讲师后不到两年,测绘学院在研究高级职称晋升工作的时候,院领导查问杨元喜为什么没有申报副教授。相关部门回答说杨元喜刚评上讲师两年,按规定,职称评定后要在同一岗位服务 5 年,才能再次申报晋升。院领导说,他的成果已经超过了副教授的评聘条件,职称评定不是有破格晋升条例吗?如果杨元喜符合,应该通知和鼓励他申报。于是,杨元喜补填表格申报,以高票通过破格晋升的评审,"被副教授"了。

这时,杨元喜的导师告诫他,埋头教 5 年书,啥待遇、啥荣誉都不能要,给你,你也要让掉,中国有句老话,出头椽子先烂。杨元喜对导师连连点头,说自己非常明白,一定说到做到。

哪知，又是刚过两年，鉴于杨元喜教学和科研成果的爆棚，院里又破格晋升他为正高级职称，杨元喜又“被教授”了。

杨元喜是位只知耕耘，不问收获的学者。面对收获，他有时会不知所措，坐立不安。而只要耕耘着，他就快乐着，永远是拼命三郎。在郑州测绘学院从事科研和教学期间，人们感动于杨元喜的一个“三天三夜”的故事。

20 世纪 80 年代的中国，国门刚刚打开，百业待兴。地方也好，军队也好，科研经费和硬件设施都捉襟见肘，一台设备几人合用、轮流使用的情况随处可见。一次，在进行一项大地数据网处理工程的时候，需要多台计算机的连续使用。为了不影响学院正常的教学和科研，杨元喜决定利用周末的空档完成这个项目，计算机房也破例对杨元喜开放周末休息日，让他上机计算。他周五进机房，一连 3 天 3 夜他没有迈出计算机房一步。周末机房大门是上锁的，他一人在机房利用多台终端并行计算，累了，他就裹着大衣席地而卧；渴了，喝点自来水，天亮了，杨元喜的爱人王志红给他从门缝里塞进两个热乎乎的鸡蛋补充能量。直到完成计算才走出机房。

杨元喜身上的这种毅力、定力和拼命三郎精神来自哪里？一次无主题的交谈中，杨元喜谈起了他的父亲。杨元喜的父亲杨朝富是建国初回乡的残疾退伍军人，从后来补发的证书中得知是二等一级伤残，不能正常劳动和工作。子女的记忆中，父亲在刚解放后成立的乡里当过乡领导，当过乡办企业的负责人，民政部门每年分上半年、下半年，给父亲发放36元伤残补贴。据陈祥雨校长回忆，杨朝富做过公社的负责人，担任过副乡长。不管哪种说法，人家都会说，杨朝富对自己要求严格，对自己7个子女的教育也特别严格。对子女严格、对乡亲和蔼、对工作认真的共产党员杨朝富，在自己即将踏踏实实、默默无闻走完人生之路之前，却在家乡爆出一段石破天惊的光荣历史。

20世纪80年代末，工厂修厂史、农村修村史、部队修军史。一天，3名现役军官在地方人武部门负责人的引领下，辗转找到退休在乡下的杨朝富老人，当核准面前的这位老人就是参加过淮海战役的解放军班长杨朝富时，3位军人整理好军装，一字排开，“啪”一声给杨朝富行了标准的集体军礼！老人也佝偻着伤残的身子，尽自己的最大努力，回敬了一个军礼！在场的乡亲们泪光盈盈地听到了一段身边英雄的故事。原来，杨朝富是在孟良崮战斗中负伤的，他带领的这个班负责守住一个山头，切断增援的敌军，战斗结束，山头守住了，全班11人只剩下包括杨朝富在内的3人，杨朝富受重伤，被打扫战场的友邻部队抬送到地方医院。战斗表彰时，上级命名杨朝富任班长的这个班为“杨朝富红旗班”。但是，杨朝富不能战斗了，命名时，杨朝富躺在病床上，不能去接受以他和全班战友的热血染就的鲜艳锦旗，命名后的“杨朝富班”高举锦旗又开赴解放全中国的前线了，杨朝富伤愈出院，身上带着两处枪眼、一颗子弹佝偻着回到了家乡。

回乡后的杨朝富，对谁都没有提起过这段经历，直至这次原部队整理军史，才顺藤摸瓜，找到了这位“隐姓埋名”的英雄。杨元喜说，父亲拒绝原部队和地方人武部的任何特殊照顾，只是心安理得地领取这么些年来应该发给他的伤残津贴。子女们都记住了父亲常说的两句话，只要努力，终能达到目标；只要付出，终会得到回报！

杨元喜身上大概遗传了父亲身上的英雄基因。

是的：只要努力，终能达到目标；只要付出，终会得到回报。因为杨元喜在大地测量学方面的杰出建树，在相关观测抗差估计系列理论体系和自适应抗差导航定位理论体系研究和创立方面的贡献，2007年，他顺利当选为中国科学院院士。

4

了解院士评选情况的人都很清楚，中国科学院院士和中国工程院院士的遴选极其严格、极其规范，现职两院院士有2000人左右，在14亿人口中的比例约为1/70万。一位资深人士介绍，因为严格和规范，每次院士遴选淘汰率都很高。2007年正好是院士遴选改革年，要求院士候选人必须获得2/3以上院士同意才能当选，那年科学院地学部有60多个正式候选人，最后只有4人通过了评审。杨元喜凭借其在大地测量学方面的杰出建树，又一次收获了一个“没想到”。

消息传到郑州测绘学院的时候，师生们激动得在学校大门外燃放起喜庆的鞭炮，在学校大门口贴出了海报。上级教育部门的一位领导正在郑州测绘学院视察，这位当选院士也引起了这位领导的兴趣，他让学校档案部门和教务部门找来杨元喜读书时的成绩报告，也让他们同时送来陪同领导检查工作、大学副校长的成绩报告，档案送来，领导一看，乐了，拍拍副校长的肩膀，开玩笑地说，“还是好好当你的校长吧，你当不了院士，你看你这成绩，都在80分上下。你再看看人家杨元喜的，哪门在90分以下？他不当选院士谁能当选!”引

2006 年 **2** 月 **27** 日国家科学技术奖励大会。图为杨元喜在获得国家科技进步二等奖后的欢迎晚宴上留影

起在场人员的一阵哄笑。

郑州测绘学院和杨元喜稍后任职的西安测绘研究所，是杨元喜学术研究取得重大突破的两处福地。在此期间，他完成了中国科学院大地测量与地球物理研究所的大地测量学博士学位的学业，赴美国得克萨斯大学奥斯汀分校空间研究中心完成了访问学者的交流，还作为洪堡学者在德国波恩大学理论大地测量学研究所进行了专业访学与研究。杨元喜本可以在他自己开辟的大地测量数据处理理论与方法的大

道上高歌猛进，再创辉煌，但让他再一次没想到的是，随着祖国现代化建设的需要和全球导航定位系统在现代化战争中的决定性作用，我国以前建立的天文大地控制网已经落伍，必须尽快建起与国际接轨的以地球质心为原点的高精度卫星定位大地控制网，组织上让他改变研究方向，加入北斗卫星导航研发团队。

从专业细分方面来看，这等于是一次改行。

大地测量与卫星导航虽然互有关联和交叉，但从大学科方面来说，是两个不同的专业门类，就如同都是汉语言文学学科，语言学和文艺学却是两门不同方向的专业。在祖国的需要面前，杨元喜选择的是坚决服从。作为军人，作为一名对相关前沿学科十分了解的大地测量学者来说，他太了解卫星导航对助推国民经济发展和国防建设的重要性了。在杨元喜开始读高中的1970年，美国就开始了GPS卫星导航的研发。1988年，GPS导航在美国开始投入运营。2000年，美国的GPS卫星导航系统臻于完善，导航误差由100米精确到10米，美国一方面以总统令的形式，在民间车船交通工具中强制安装GPS，一方面伸出世界是个地球村的“橄榄枝”，以国际分工“社会化”的名义，向欧洲和中国推广使用GPS。处于改革开放初期的中国，大门洞开，接受八面来风。限于国力，也限于技术，中国搭上了GPS的“顺风车”。然而，一而再，再而三，连续发生的三起与GPS有关的事件，让国人在极度屈辱中猛醒。

1993年7月，中国银河号远洋货轮出使中东，行至印度洋海面时，美国无中生有地指出，货轮上送达伊朗的集装箱中有一硫二甘醇和亚硫酰氯等禁运化学物品，要求登船检查。中方以侵犯国家主权的名义拒绝了美国的霸权行径。但是，银河号行驶到阿曼湾附近时，美军的直升机从当地基地起飞，在银河号上空盘旋，银河号所在海区的GPS信号也突然关闭，银河号进不得，退不了，只能中途“抛锚”。经过交涉，屈辱之中，中国货轮经过“第三方”的严格盘查，确认清白，才重新开始了预定的航程。

再就是1996年，为了打击以李登辉为首的台独势力，给所谓的“台湾总统”选举施加压力，我人民解放军组织多兵种在台湾海峡举行声势浩大的实弹演习，东风-15导弹第一次在演习中实弹射击，演习时间到了，第一发导弹应声发射，准确命中目标。诡异的是，第二发、第三发不仅飞行轨道严重偏离，而且瞬间飞得无影无踪。事后检查，发现在这批弹道导弹研制时，植入的是美国GPS民用制导装置，美军测控部门在接到导弹预警信息后，关闭区域GPS信号，致使导弹偏离了原来的线路，按惯性进行了一次海上“旅行”。假如美方再恶作剧一下，导弹甚至会在错误的指令下，造成对我们自己营地的意外“自戕”。

第三件事就是每一个中国人都会刻骨铭记的“炸馆事件”。1999年5月8日清晨，以美国为首的北约B-2隐型轰炸机，袭击轰炸了我国驻南联盟大使馆，致使我3名记者牺牲、20多人受伤。B-2隐型轰炸机长途飞行5000公里，扔下的JDAM制导导弹，穿透了使馆大楼的5层楼板在地下室爆炸，靠的就是GPS的精确导航。

中国的北斗卫星导航工程就是在这样屈辱的背景下被迫起步的。

所以，从起步的第一天起，这项工程就意味着必须自力更生，自主研发，用中国自己的火箭发射自己的卫星，搭载自己的荷载，由中国自己的科研人员自己运行控制，建成完全自主的中国卫星导航定位系统。杨元喜是北斗二号系统的专家组成员，是北斗三号系统工程副总设计师。如杨元喜所说，从高端的芯片，到低端的螺帽，都必须是彻头彻尾的中国制造。

但是，讲起来容易做起来难啊！毕竟我们扛着水平仪转山沟的时候，人家的卫星就在天上播发导航定位信号了。北斗导航卫星研制的起步阶段，人家是在玩科技、玩装备，我们只能是拼时间、拼性命。采访杨元喜的时候，我们不知怎么聊起了如何应对美国政府制裁中兴芯片进口的话题，杨元喜义愤地批驳了这样一种论调，有人认为中国的芯片制造业应该像北斗导航卫星的研制一样，弯道超车，后来居上。杨元喜说，真是见鬼！科学研究上从来没有什么弯道超车，起码在北斗研制上没有出现过这种“意外惊喜”，我们是知耻后勇，是奋起直追。当然，我们在某些方面后来居上了，但这种后来居上是我们用时间和生命的燃烧“追及”赶上的。况且，芯片研制的本身，是一种渐进式的质的追求和量的积累，来不得什么急功近利和弯道超车。笔者采访过我国第一代芯片专家，有位高工这样通俗地讲解，芯片研制，就像是在一个米粒大的空间建造千层百层的高楼大厦，是科学的微雕，毫厘之间，有流动的维多利亚港湾、有崛起的浦东新城，她是智慧、心灵、精神、甚至体力的全部投入。

难怪，回眸北斗的每一步成功、每一次发射，北斗人总是那么激动。

现在，太空中活跃着的卫星导航系统有六家，按时间先后来说，第一家是美国的GPS，第二家是俄罗斯的格洛纳斯，第三家是欧盟的伽利略，第四家是中国的北斗。还有两家区域卫星导航系统，也就是日本的准天顶系统(QZSS)和印度的区域卫星导航系统(IRNSS)。从使用功能来讲，北斗后来居上，与GPS互有短长，完全可以向美国人叫板。杨元喜介绍，北斗卫星导航系统的发展分为三步，第一步是解决有与无的问题，即在2000年建成3颗北斗一号系统，为我国和周边地区的用户提供有源定位服务；第二步是到2012年建成北斗二号系统，为亚太地区用户提供有源和无源的导航服务，并在技术方面追赶国外同类产品的先进水平；第三步则是从2016年开始启动北斗三号系统的建设，到2020年为全球用户提供无缝覆盖的无源定位、导航和授时服务，并在我国及其周边地区乃至全球提供高精度的搜救和短报文服务。总体来讲，四大全球系统比较，GPS的综合导航定位能力较强，但他们也有短板，有不如北斗的地方。譬如，GPS首次定位一般需要1—3分钟，而北斗的有源定位，几秒钟就能搞定。北斗系统除了定位速度快的优点外，还是世界上首个集定位、授时和短报文通信为一体的卫星导航系统。

先说定位与导航。定位是导航的前提，运行的交通工具，首先要通过空中三至四颗卫星测定地面载体或用户接收机的位置，然后输入目的地，导航系统即可迅速为你规划和设定最佳路径。这个过程，北斗系统不仅在定位和授时方面比肩 GPS 系统，而且在载体跟踪和信息服务方面更为细致。不知驾车的朋友留意了没有，2017 年 10 月 1 日以后，我们使用的定位导航仪的提示语发生了变化，譬如，原来的提示语为：前方不远处向左拐弯，然后再右转，到达目的地附近。现在的提示语为：请走左侧车道，前方 100 米红绿灯处左拐，左拐后走右道，50 米处右转，到达目的地附近。我打趣比喻，原来的导航如同手机的模拟信号，只给你指个大概的方向，现在则升级为数字通讯，精确。杨元喜笑了，"准确地说，未来的北斗系统可以提供分米或厘米级精密单点定位服务，到那时，北斗系统可以为司机朋友提供开车是否压线的精密服务。"

2017 年 10 月 1 日之前中国大地上使用的"模拟"导航讯号，基本都是沿用的美国 GPS 系统提供的讯号，当它告诉你到达目的地附近时，你不仅还要东张西望寻找目标，有时还得违章停车，亲自下来识别哪个入口才是真正的目的地。

2018 年 12 月 27 日之后，北斗讯号全面覆盖了祖国的山山水水，包括"一带一路"沿线的亚洲国家，需要多说一句的是，我国目前境内的手机用户，北斗信号尚未全面接入，尤其是美国的苹果手机，仍拒绝接入北斗的导航信号，这部分苹果用户也就不能提供北斗的高精度导航服务。

再说短报文通信。

短报文通信说白了就是短信功能。北斗一号和北斗二号系统在导航定位的同时，可以为用户提供120字以内的短报文通信功能，北斗三号系统可以为亚太用户提供一千个汉字的报文通信服务。这项功能让美国、欧洲，甚至日本的用户羡慕得要死。现在，亚太地区的北斗授权用户都能享受到这项功能的服务。可别小看了这项“顺带开发”的“兼职”服务，关键时候，特别是海上救援、灾害性气候的预报和突发事件的处置，可以起到海事搜救卫星无法完成和不可替代的预报、预防、预警作用。

通常，无GPS支持的国际海事搜救卫星系统往往通过多普勒效应进行定位，因此从遇险触发信号到有效报警时间平均需要1.5小时左右，定位精度也较差(2～3海里)。添加GPS紧急无线电示位标的国际搜救卫星，显著减少了时间延迟，并将搜救定位精度提高到30～100米左右。而中国北斗三号卫星导航系统除提供国际海事卫星标准搜救功能外，还可利用报文通信方式提供高精准搜救，搜救精度达到米级。

中国目前已有14万渔民、4万多艘渔轮装备和使用了与北斗配套的SOS系统，据中国卫星定位协会的年报，仅此一项，2017年挽回的财产损失超过2670亿元。杨元喜介绍，北斗三号卫星建成后，短报文通信的容量和覆盖范围都进一步扩大，所产生的经济效益势必也会成倍地增长。

2013年**6**月**13**号在央视《科技与中国》栏目录制宣传北斗科普节目

2018年11月19日凌晨，两颗全球组网卫星从西昌卫星发射中心顺利升空，标志着北斗三号系统星座部署基本完成，年底正式开通运行后，“一带一路”沿线国家和地区就可享受完全的导航和搜救服务，中国北斗也迈出了从区域走向全球的关键一步！

北斗导航系统的授时功能也是值得书写、令人骄傲的一笔。

北斗所授的时间叫中国时间。通常，我们手腕上的表和家中的钟，标示的是北京时间，北京时间不是中国时间。杨元喜说，作为北斗卫星导航中心副总设计师，他的课题之一是科学界定“中国时间”，作为全国政协委员，他的提案就是建言政府尽快构建统一的“中国时间”系统。

科普一下，北京时间的发布并不在北京，而是在陕西的渭南，那里是中国地理版图的原点。中华人民共和国成立后，经国务院总理周恩来批准，由坐落在这里的中国科学院国家授时中心，通过不同频率的无线电波向国内外发布“北京时间”。该时间朔源于世界时（格林威治）的世界协调时。后来，随着科学技术和社会发展的需要，我国又建立了几个授时中心（负责时间计量），但是每一个授时中心距国际先进水平都有较大差距。北斗卫星一颗颗上天后，为全球用户享用高精度时间服务提供了新的渠道。

问题来了，尽管不同的授时机构和不同的授时手段所提供的时间相差甚微，不太影响普通人的正常生活，但是对高科技基础设施、对航天飞行器、对金融、电力等需要高精度时间同步的领域，时间的不统一有时会造成灾难或重大损失。

所以，世界主要大国都构建了自己独立的时间系统。中国幅员辽阔，“一带一路”纵贯亚太，近几年高技术发展迅猛，亟须构建“统一度时间尺度”，构建与世界高精度时间标准相一致的、统一的中国时间体系。

杨元喜说，这项工作之所以刻不容缓，也是发展和变化了的时代的需求。新的时代有新的观念，譬如，国家权益再不仅仅是960万平方公里的领土概念了，除了960万平方公里的陆地权益以及我国领海和领空权益外，我们还必须考虑到人类共同关注的南极、北极和太空。这些全人类都可以和平利用和开发的共有领域，以及太空和虚拟的网络空间，也存在国家权益和国家利益的维护问题，迫切需要一个统一的中国时间基准和空间基准。

杨元喜说，中国时间事关生产力和经济的正常运行与发展。他反问，试想，现代技术条件下的航空、航天、地震、测绘、通信、气象等要求的时间服务，已经精确到了毫秒、微秒，没有统一的守时体系和可靠的授时手段，以上相关系统怎能平稳健康地运行？在建的“一带一路”高速铁路，将以什么时间作为标准在亚太地区安全准点地穿行？杨元喜特别强调了“准点”二字。

时间就是金钱。杨元喜说，所有证券交易和金融中心所都有高精度时间同步装置，因为一秒的时间差异都可能造成重大经济损失。2018年4月开始，我们在上海口岸开始以人民币结算石油期货交易、矿石期货交易，这些交易，同样需要高精度时间同步。难道我们的金融中心、证卷交易、期货交易、电网组网供电等，还以GPS时间、以美国的国家时间为准不成？

中国时间还攸关国家主权、人民生命、甚至现代化战争的输赢。杨元喜说，现代战争是信息化战争，或曰制信息化战争。信息化战争首先需要高精度时间同步。

可不是吗？昨天的海湾战争、伊拉克、利比亚，今天的中东地区、叙利亚，不都是在重复上演着这种现代战争的活剧？据《参考消息》报道，2018年4月13日美国空袭叙利亚之前，GPS首先于凌晨4点关闭了中东地区上空的导航信号和时间信号，直至4月17日战争停止，信号才得以恢复，造成了这段时间这一地区民航和地区通行的严重混乱。有意思的是，美国的GPS民用讯号关闭后，俄罗斯增强了中东地区格洛纳斯卫星军用信号的频率，尽管受到美国军方的严重干扰、尽管双方都各自发布着对自己有利的战争新闻，但一个不争的事实是部署在叙利亚境内的苏式反导拦截，还是取得了双方都不得不承认的一定成功。这也从一个侧面告诉我们，美式军火为什么在全球大行其道，性能的先进以外，GPS提供的信息和使用方面的支撑，对购买方有着极大的诱惑：买了我的军火，我为你提供情报，还兼带着“贴身”的战场服务。当然，这同时也再一次给了我们严重的警醒，必须要建立自己的卫星导航系统，必须要制定和使用自主可控的导航和时间服务体系，只有这样，我们才能不仰人鼻息、不受制于人。这在一定程度上也是攸关国家和民族生死存亡的大事。

我们期待着杨元喜关于“中国时间”的提案早日得到落实和认定，我们也期待着高精度的、统一的“中国时间“体系早日建成。

5

明白了以上道理，你就会理解，这个世界上有个只有六名会员的高大上俱乐部，本该充满和平温馨阳光，遍布鲜花啤酒咖啡，但现在几乎每一次开会都会出现明争暗斗的场面。这个俱乐部就是4个GNSS(全球导航卫星系统)。6名会员单位都很牛，旗下集结了各自国家一批顶级的科学家和工程师。按道理讲，从各自卫星导航研制启用的时间来看，GPS理所当然是老大，但是这位“老大”一开始就颐指气使，不讲道理，总以为是别人抢了他们的“饭碗”，这个俱乐部就得听美国指挥，由美国来制定标准，由美国来分配各自利益所“得”，叫你向东，你不得向西；叫你打狗，你不能吆鸡。于是，争论不休成了俱乐部会议的常态，反对霸凌也几乎是美国以外几家成员合纵连横的常有议题。

每一次国际会议，杨元喜除了自己做学术报告外，他也是整个中国代表团的技术负责人，负责有关中国北斗系统所有学术报告的技术把关。凡是涉及到中国北斗卫星导航系统的权益和利益议题，杨元喜每次都能主动站出来发言，从技术角度进行有礼有节的解释，对那些涉及中国北斗系统的不合理指责，他都会进行有力的反驳。尤其是针对中国北斗系统对其他系统的干扰与对全球导航用户的贡献议题上，西方有些学者互相配合，愣把北斗系统说成对国际用户没有什么贡献，反而造成干扰。几次国际会议，杨元喜都用自己的专业知识进行反驳，最后他用精密的计算，实际的图表，给出了中国北斗卫星导航系统对全球用户的贡献至少是24.6%的结论，非常有力地驳斥了针对中国北斗系统的不实指责，结束了连续多年的争论。通过多次国际会议的争论，杨元喜的理论水平和外语表达能力得到国际同行的认可和赞扬。

久而久之，国际会议上有关中国北斗系统的技术问题，“老外们”都乐意征求杨博士的意见。

讲起这些话题的时候，杨元喜作为科学家的可爱一面展露无疑。他说大家毕竟是代表各自祖国的科研人员，推进人类科学事业的发展是共同的愿望，有时候，不打不相识，交手后是朋友。有时候，谈判时是对手，谈判后成朋友。多年的卫星导航国际会议的交流，以及参加美国主持的卫星导航年会，杨元喜经常有亮眼的发言。2018 年 2 月，美国导航学会授予杨元喜美国导航学会会士（ION Fellow）称号，“以表彰他在中国北斗卫星导航系统发展过程中的技术领导作用和技术贡献，以及在倡导卫星导航国际合作中做出的努力”。

这开创了中国学者获此殊荣的先例。杨元喜在答谢词中表示：“感谢在推动北斗发展和 GNSS 国际合作的道路上与我同行的每一位同事，这个奖项不仅仅是对我个人的奖励，也是整个北斗团队的荣誉，我和我的团队将继续努力，进一步提升北斗的性能，加强 GNSS 国际交流与合作。”

6

接触杨元喜院士的过程中，每次见面，总是情不自禁地想起《遇见你这样一个人》中的两句歌词：“你的聪慧你的单纯，就像一阵春风吹开我的心门。”这是一首情歌，从字面理解，应该是男方对女方的赞美和示爱，我想起这两句歌词，是因为杨元喜作为科学家的“单纯”，屡屡像春风一般“吹开我的心门”。

2018 年 6 月 11 日上午，应家乡的邀请，杨元喜在泰州为市级机关干部做《北斗卫星导航系统的现状与发展》的科普讲座，在谈到科学研究的求实精神时，杨元喜介绍了自己的一件家事。他的爱人王志红总是不满他在生活中的严谨、认真和不通人情。王志红认为，科研上你可以丁是丁、卯是卯，但是，与你无关的事就不要再管了。有一次，夫人批评他太认真，容易得罪同事和领导，杨元喜不服气，两口子还发生了口角，最后，妻子还气呼呼地补上了一句：真是不知天高地厚！

杨元喜当时正在书房看书，爱人前面的一长段道白，也不知他听到没有，但最后一句对他不知天高地厚的批评，杨元喜听到了，他缓缓站起来，笑笑答道："地球赤道处的半径等于地厚的一半，6378137 米，地厚再乘以 2，等于 12756274 米！"

2018 年 6 月 11 日，泰州市政府报告大厅里激起一片笑声和掌声，而杨元喜说那天在家里，老伴盯着眼前站立的"书呆子"丈夫，先是一楞，接着偷笑，争论不再持续。

杨元喜和王志红的结合既传统又现代，传统，也可以说是因了"媒妁之言"。用杨元喜自己的话说，因为"身体不好，长相困难，家庭负担重"，自己大学毕业留校两年了，也没有一个提亲的杨元喜自我估测，在大城市，在高校，像自己这个条件，艳遇不多了，干脆把精力投入到业务学习和工作中。一次偶然的机会，一位从广州来郑州走亲戚的姑娘，经人介绍认识了杨元喜，这位姑娘就是杨元喜现在的太太王志红。王志红当时的身份是职业医生，在一家国营大厂工作，她在部队大院长大，后随父亲先后在广州、北京、广西生活过。当她毕业分配到广州工作后，对改革开放前沿城市广州的灯红酒绿，总感到不太适应。她不喜欢浮华的生活，反而对刻苦学习、追求上进的青年人总有一份偏爱。这样，杨元喜和王志红似乎一见面就找到了共同语言。但那个时候既无长假也没有休假，两人匆匆认识，又匆匆分别了。

通信是那个年代恋爱的主要路径，两个年轻人开始了通信恋爱的长跑。跑着、跑着，杨元喜渐渐冷静下来了，广州郑州信路热起来的时候，姜堰梁徐的来信也增加了“热度”，杨元喜兄妹 7 人，他是男丁中的长子，姐姐出嫁了，父母年老多病，下面 5 个弟妹上学、就业的问题一个个找哥哥来了。杨元喜猛然觉得，与广州姑娘王志红结合可能太渺茫了，作为长女的姐姐为这个家庭付出了太多太多，既然她出嫁了，家庭的重担就该转移到长子的肩上。这是义务，也是道德，天经地义，义不容辞。杨元喜先是降低了与广州通信的频率，接着委婉地向王志红说清原委，然后冷静地关上了刚刚开启的一扇爱情的小门。

哪知道，广州那边的王志红不干了，通过这段时间的通信交流，王志红认定河南郑州这位矮小的男人就是自己终生的白马王子，杨元喜的聪慧，杨元喜的单纯，已经"呼啦啦"地吹开了王志红的心门。在杨元喜毫不知情的情况下，王志红再次闯进郑州测绘学院，这次她不找自己的那位亲戚了，直接找到杨元喜，开门见山，开宗明义，别的什么都不谈，就谈两个人的婚姻问题。杨元喜不是说家庭负担重吗？王志红说我和你一道扛着，结婚后我可以随你调到郑州；如果有一天，你这个"臭老九"不得不回乡务农，我已查询清楚了，就到梁徐镇卫生院去做乡村医生。"反正，只要杨元喜不是因为看不上她的原因，她这辈子跟杨元喜跟定了。对杨元喜来说，那一刻的幸福应该是猝不及防的，温馨得一塌糊涂。杨元喜说，他们就这样结合了，婚后，他们分居四年，组织上为他夫人办理了调动。为了能尽快地找到工作，王志红先后跑遍了郑州的医疗卫生单位，最后落脚在河南电力医院，但电力医院有个条件，只收护士，不缺医生。就这样广州城里的职业医生王志红就在河南电力医院降格当起了护士。杨元喜调赴西安测绘所任职后，他们又分居了将近十年，2008 年他们才又聚到一起。王志红为照顾他的起居，又彻底丢了医护专业，在一所大学里干起了文秘工作。2009 年杨元喜调入北京，从事北斗导航工作，为了少给他找麻烦，王志红索性自己把档案送到了街道，提前“退休”，专门伺候杨元喜这位“不知天高地厚”的“书呆子”。

自从嫁入杨家，几十年来，王志红有一件事一直干着，就是和大姐杨龙英一道，操持着杨家父母和兄弟姐妹的一应大小事宜。

杨元喜说，自从王志红成了杨家人之后，自己的小家和兄弟姐妹们的大家的事，他全部丢开了。他什么事都不用管，王志红什么事都管，包括料理双亲后事这样该由儿子来完成的大事。兄弟姐妹们也很快接受了这位家庭“总理”，大事小事都和王志红嘀咕。

杨龙英说起这位弟媳，讲不了几句就抹眼泪，说不下去的时候就反复哽咽着“太好了、太好了”！杨龙英讲了几件小事。每年春节的时候，王志红都要按广东和姜堰的民俗为兄妹们每家都备上红包，杨元喜回来后要参加市区领导的接待活动时，王志红就一个人到各家各户送上温暖。有时，杨元喜不能离京，王志红就单独乘火车回来完成任务。

1985 年小弟弟杨元本考上武汉市的一所四年制中专学校，当时杨元喜和王志红已经结婚了，也有了自己的儿子，由于两地生活，他们微薄的工资除了孝敬父母、抚养儿子就所剩无几了。但王志红省吃俭用、巧手持家，坚持按月付给小弟弟生活费。1983年，二弟杨元根遭遇车祸不幸身亡，弟媳改嫁，1982年生的侄女，从9岁开始就全部由大伯一家照应，直至大学毕业，结婚生子。2005年，三弟在一次放鞭炮时不幸炸瞎了双眼，地方医院发了病危通知，王志红闻讯后，急赴泰州，并联系原南京军区总医院抢救。当三弟伤好康复后，王志红又主动帮他联系泰州市残联，让三弟学了按摩手艺，现在三弟开了家生意不错的盲人按摩店。为了让三弟这个残疾人老有所养，不给社会造成负担，2014年，王志红专程回到姜堰老家，为三弟补交了15年的新农合社保的全部费用。杨龙英说，弟媳把每个家庭都照应好了，但她自己唯一的儿子，房子还没有买，结婚后一直和父母挤在一起。

对家庭的事，有老伴的操持杨元喜可以不闻不问，对儿子的学业和事业，杨元喜也基本不过问，可对学生的事，杨元喜不仅问，有时还问得很细。譬如，作为博士生导师，学生作业或论文的标点符号，他也一个都不会放过。采访期间，我以不同方式与杨元喜的5位博士生有过接触，他们都讲了一个共同的事情，他们读博期间发表的论文，学术思想是导师的，论文也是导师手把手改出来的，按理应该把杨老师的名字署上去、署到前面。至少作为通讯作者，高校里一般都是这样做的，已经约定俗成。但杨元喜坚决予以制止，在学生完成的论文中，学生是第一作者，也是通讯作者，一个也不许破例。5人中有两人与我聊到，杨老师常给他们讲自己年轻时的一件糗事：当年他高中毕业回乡以后，为生产队试种蘑菇，蘑菇生虫了，需要按比例喷洒农药，杨元喜照搬书本，又机械地认为稀释过程中应加上药水本身的含水量，结果稀释液过浓，蘑菇和虫子都死了。他用自己的亲身教训告诉大家，就是不要死啃书本，生搬硬套，做学问首先要理解，理解透了，实用起来才会正确。还有，科学是实实在在的东西，来不得半点马虎。所以，杨元喜带出来的博士生团队在中国航天界受到高度好评，杨元喜也创下了郑州信息工程大学博士生培养方面的一项纪录，在“全国优秀博士学位论文评选”（简称“全国百篇”）中，他有两名学生获选，有7人次获得省部级优秀博士论文。

杨元喜说，“北斗”工程有一个“北斗＋”工程，或称“后北斗”工程，也称“综合定位、导航、授时系统”工程，人才培养也应该有类似“北斗＋”工程的后备人才培养工程。他在卫星导航定位技术的教育和应用推广方面付出了极大的努力，在定位导航授时领域的科技人才、工程人才和管理人才的培养方面也取得了骄人的业绩。近20年来，他已指导了30多名博士研究生和40多名硕士研究生。杨元喜说“北斗＋”工程很宏伟，人才工程是“北斗＋”的一号工程，等到“北斗＋”全面建成以后，“北斗＋”的定位、导航和授时服务将实现从深海到深空的无缝覆盖，人类能够征服的地方，都是“北斗＋”能够提供服务的地方……到那时，北斗人才工程也将硕果累累。

2018年4月27日上午，北京，杨元喜的院士办公室，讲到这里的时候，院士停顿了下来，随后又深情地喃喃自语，到那时，我们的深空飞行器应该能自由翱翔在太空，温州高铁相撞的惨剧再不可能发生；英雄王海再不会活不见人、死不见尸；MH370绝对不可能全球搜索5年无果，最后不明不白宣布结束此案了事。无影无踪消失了的是239条鲜活的生命啊！

作者简介：

周桐淦，江苏省中华文化促进会副主席。中文本科毕业、法学专业研究生毕业。一级作家、教授二级。曾任《江苏青年》副总编、《雨花》副主编、主编、江苏省作家协会党组成员、书记处书记、扬子晚报副总编、省作协副主席等。报告文学代表作有《多难的公理》《西飞的云鸟》《法与“法”的较量》《蓝色火焰》等。

缪院士的『弥合魔方』

——记中国工程院院士缪昌文

● 赵翼如

缪昌文院士

缪昌文简介：

缪昌文，1957 年出生于江苏姜堰，建筑材料专家。中国工程院院士，东南大学教授，博士生导师，享受国务院政府特殊津贴专家，江苏省"333 工程"首席科学家。

1982 年 1 月毕业于南京工学院（现东南大学）土木工程系建筑材料与制品专业，1986 年 1 月赴丹麦留学一年，2011 年当选中国工程院院士。现任江苏省科协副主席、江苏省建筑科学研究院有限公司董事长、高性能土木工程材料国家重点实验室首席科学家，曾任江苏省人民政府参事，第九届、十届、十一届全国人大代表。

缪昌文院士长期从事土木工程材料理论研究与工程技术应用研究，三十多年来一直活跃在我国重大工程建设项目的第一线。他先后承担了包括国家"973"项目、国家自然科学基金重点资助项目等国家、省部级科研项目 30 余项，在混凝土抗裂关键技术的研究、重大基础设施工程服役寿命及耐久性能提升技术的研究、多功能土木工程材料的研发等方面取得了多项成果。其科研成果和先进技术先后应用于长江三峡大坝、港珠澳大桥、田湾核电站、京沪高铁、青藏铁路、广西龙滩水电站、云南小湾水电站、苏通大桥等几十项水利、交通、核电、能源、市政、军工及民用建筑领域的国家和地方重点工程。并成功通过了重大工程项目建设的检验，为我国工程建设事业做出了重大贡献。

先后获国家技术发明二等奖 1 项，国家科技进步二等奖 3 项，省部级科技进步一等奖 7 项，国家发明专利 80 项，出版专著 4 部，发表论文 200 余篇，其中 SCI、EI 或 ISTP 收录 150 多篇，在国际上享有较高的声誉。获得香港何梁何利奖、全国杰出专业技术人才奖、江苏省十大杰出专利发明人、江苏省首届创新创业人才奖、江苏省劳动模范、江苏省留学回国先进个人、南京市十大科技功臣等荣誉。

一条细细的裂缝，掀开了一部灾难片的序幕。之后是河堤决口浪涛席卷，桥面崩塌，人仰马翻……

生活中的裂缝随处可见。与我们息息相关的房子，最怕老楼板“滴答”掉泪，旧墙体“哔啵”叹息。人不太愿住顶楼，也是因担心漏雨渗水——无顶不裂呀。

那次在三峡面对激流汹涌，我有一种忽然袭来的软弱。大坝经得起天长日久的冲刷?

听说有一位“魔术师”30 年坚持做一件事：弥合混凝土的裂缝。这种特殊的高性能外加剂，形象地说，就如一根魔棒勾连起各路小精灵，可保证百年时间让整体不失散不走形。依托此技术建造的三峡大坝 3 期工程，600 万立方米大体积混凝土至今未出现裂缝。被誉为“三峡大坝总设计师”的潘家铮院士对此作出评价：“这是世界建坝史上的一个奇迹。”

这个奇迹的创造者就是中国工程院院士、江苏省建筑科学研究院有限公司董事长缪昌文。

弥合，摘要概括了他生命中的独特经历。没有金鼓齐鸣的开端，只有千百次“穿针引线”的单调。“长久深自缄默，长久如云漂泊。”慢慢地,他好像寻获了武侠小说里的秘籍。他没有把秘籍窖藏,而是很快用于实战,转化成新型建筑材料。让神奇的魔方自己长出腿脚,走向天南海北,走向各种工地……

弥合的,又岂止是混凝土?

所在科研机构原有机制的裂隙,科研成果与实际应用之间的裂隙,人心之间的裂隙,都需要弥合。

命运独惠于他很多机会,他心存感恩。

一些细微的小事常在夜间忽然闪回。

缪昌文记得,有一天走在街上,居然好几次碰鼻子拐弯——一看路面有大大小小的裂伤,正围起护栏重新修补。混凝土的一大痛点,就是经不起时间打磨,容易开裂。

20 世纪 90 年代,他在江苏省建筑科学院材料研究所工作。那年月,似乎总有闲暇无从打发,就打牌吧。当时输赢不赌钱,输了得从打牌的桌子底下钻过去。一天,缪昌文发现桌底下有块地面,竟被磨得光鲜发亮。它吸走了多少日月精华?那明显的印痕,像大锅饭锅底的一道裂缝。

他心里一咯噔。所幸不久江苏省倡导事业单位改制,江苏省建筑科学院作为改革试点,转制为“民营”。

如今,很难用现有头衔来准确定位他。高级工程师?教授？科学家？企业家？

他的事业版图，已从一间简陋小屋，扩展到“高性能土木工程材料国家重点实验室”，并建立了具有国际先进水平的生产线，为田湾核电站等世界级工程提供技术支持。他创办了江苏苏博特新材料股份有限公司，并在2017年将苏博特带入A股上市………

见到他那天，他刚从欧洲讲学归来。想象中院士的模样斯文严谨，他看上去像书斋里的学者，言谈却很接地气，有举重若轻的从容。我暗自称奇，问他如何切换多重社会角色，他坦言：自己现在最看重的身份，是东南大学教师。跑得最勤的地方，是实验室和讲台。他说其实从小的志向，就是做个好老师。眼下的重任之一，就是尽快让年轻人成长起来挑大梁。

他动情地说起祖父缪寿尧，一名乡村的私塾先生；他的父亲，也是教书先生；又提及他的小学、中学和大学的几位老师。尤其讲到恩师孙伟院士，“我本科的很多基础课程都是她教的，后来的科研也常有她的参与合作。”

传为学界佳话的是目前我国从事混凝土研究的院士只有两名，皆出自东南大学，两人还是师生——正是孙伟和缪昌文。

接着他夸起了他的管理团队和学生:“其实我真没有外界想象的那么忙,现在的年轻人起点高,一出手就比我们当年做得好。重要的是尽快给他们搭建合适平台,助力成果转化……”

说了半天,就不愿多提他自己。或许是“警惕名利的聚光灯”?

想起那天,我去走访他创建的国家重点实验室,遇到一群他的博士们,七嘴八舌话老师。女博士田倩说,我读博那年已30岁,缪老师好玩啦,不催我的博士论文,倒催我早点生孩子。我真的在读博期间生了宝宝,当然,这样一来更不敢怠慢论文了……90后博士周扬补充:我还尝过缪老师的厨艺呢,在国际交流活动期间,他带我们去超市,回住处亲自下厨,很简单的几个食料,魔术一样变出了多重滋味。从此我开始学做菜,还真避免了在美国留学期间的饮食尴尬……还记得随缪老师去看《歌剧魅影》。他偶一亮嗓子,还是不错的男高音……

听说90后博士张浩同时考上了清华、北大和东南大学,但他最终选择了东南大学。我很好奇,问他为什么放弃清华北大?他这样回答我——

缪老师仁厚谦逊，有为人师者的风范，是我心中师者的理想形象。其次，我细致了解缪老师搭建的世界级科研平台，该平台具有广阔的视野并能提供良好的交流学习机会。最后，“清、北”的名声不如缪老师的形象具体，对于一个初出茅庐的年轻人，跟随一个具体的具有榜样作用的老师是明智的选择，师者，不以名吸引学生而是通过个人魅力来吸引优秀的追随者。

确实，在江苏省建筑科学院这么个藏龙卧虎的地方，我不止一次听到人们对缪昌文的评价：他是值得跟随的。

我由此感受到混凝土之外的另一种“弥合”，有关世道人心。

外人看来，混凝土的构成似乎简单，黄沙、水泥、石子，不就是几粒碎屑么？然而缤纷的万花筒，不正是碎屑的奇妙组合？

弥合的魔方如同多棱镜，换几个角度，可分解成许多迷人色彩。

混凝土铺设的路上，存放着很多不为人知的故事，我用文字显影若干片段，只是出于内心的感动。

一

有人目睹过那样艰辛的场面——

2003年。晨曦照亮三峡工程的三期工地。工地附近的一间小屋里，缪昌文和他团队的实验还在继续，只见蹭在墙前长久观察的背影。几个后脑勺晃在灯下，墙一般沉默。寻找、选择、比较，搬运、搅拌、测试……他们的目光所及之处，都是土——混凝土。黄沙水泥外加剂混合而成的气味弥漫着……

混凝土是盖房子、建工程、修水泥路少不了的建筑材料。这一科技进步的产物，也给人类造成了困惑。

缪昌文很清楚：别看用石子和钢筋浇筑的混凝土看似牢固无比，其实也有"癌症"。其病情表现就是开裂。如果一些大坝工程出现开裂，危害就如黄河决堤了。

通常在不同环境下，混凝土开裂的原因不一样，比如近海的核电工程，要防止海水冲刷腐蚀；而西北地区的工程，则要预防因为缺水引起的开裂。

如何改善混凝土的强度，调节其微观结构？

三峡工程对建筑材料的准入门槛极高。国家要求大坝的寿命要超过100年，必须用足够的实验数据说话。一、二期工程使用的混凝土外加剂，大多来自德国、瑞典与荷兰，价钱不低。当时江苏省建筑科学研究院的产品并没有知名度，有人挑起眉毛冷冷看着，神情像雨天一样阴着。缪昌文听到了太多句“不可能”。

原子，分子，微米，纳米。似乎要做数万碎片的拼图准备。这是一项足以让人崩溃的劳役。缪昌文却将此作为一种修行。古人认为耐心中有大智慧，智慧发轫于耐心。

孙伟老师和他一起带领团队探究混凝土开裂的原因。综合考虑其环境因素、材料因素、结构因素，制定出了满足混凝土不开裂条件的参数。

缪昌文在实验室

团队花了整整 3 年时间，验证了许多组参数，论证非常清晰。

这项成果出人意料地被应用于三峡大坝三期工程的建设中。江苏省建筑科学研究院通过自主研发的高性能外加剂，控制水泥水化和阶段水化热量，提高了大体积混凝土的抗裂能力。

那是一个奇妙的时刻。江苏省建筑科学研究院的招牌混凝土外加剂从此进入了一些世界级的重大工程——京沪高铁、苏通大桥、青藏铁路、南京长江二桥、南京地铁……

在兰新铁路建设中，他们在混凝土表面喷了一层肉眼看不到的保湿分子膜，解决了缺水开裂的隐患。

走出小屋做一次深呼吸。仰望浩大无垠的天空，希望的星辰隐约可见。引领他穿越漫漫长夜的，也许是内心里的模糊亮光。

一声蛙鸣把他带回了不太久远的从前。仿佛忆起了小时候，回到奔跑在乡间的日子。

一闪一闪亮晶晶，都是天上小星星。最美好的时光，都是和大自然在一起的。

土地——他的出发之地。从乡村走出来的他，相信人是被土地滋养的。吃着土里长出的东西，也就被土地调和着内在气息。比如与天地之间的感应。从地里长大的孩子,心胸会像田野一样开阔。

一个朴素的道理:泥巴有黏性,擅长弥合。

童年经历也许会裸露出人生故事的源头。

他从小被托管给田野。乡村的孩子没有五彩积木。最早的玩具,是泥巴捏的"积木",搭建各式房子、车子。扔给他一团泥巴,他会当橡皮泥捏出无数奇异的造型,玩得物我两忘。泥巴那手感真好,能嗅到草木清香。一团泥巴展开了童年的想象……

邻居王大妈的印象中,缪昌文从小是个调皮虫,什么样的玩闹都少不了他的身影。常常和村里小伙伴三五一群,跳进水塘摸鱼抓虾,爬上树头掏鸟窝摘果子,松鼠一样灵活乱窜,俨然是孩子王。

他喜欢探险,在迷路中寻找未知方向。他喜欢别出心裁,柳树枝狗尾巴草豌豆花到他手里全变成玩意儿……不过奇怪,他从不惹事,不捅马蜂窝。小伙伴一打斗,他总有本事调停"熄火"。如果与小伙伴闹腾开,挨训的准是他——因为家里规矩大,缪老先生从不袒护自家孩子……

家乡的村舍掩映在绿荫间。

黑白相间的瓦屋是江淮一带的传统民居。但那年头泥抹土屋、茅草房子也不少。泥巴内部，必须用稻草麦秸秆搅和，相当于混凝土里面的钢筋，搅和是否得法，事关土基的整合度抗压度。

泥巴，就是最初的建筑材料。令人纠结的是，泥墙房子日子一长泥墙开裂。一裂就会漏风漏雨甚至撑不住。

哦，裂缝……

也许，生活的裂缝，是他思考的起点？他后来选择研究混凝土与早年的经历有关？

1957 年 8 月，缪昌文降生在泰州姜堰大伦镇的一个小村庄。

祖父缪寿尧是私塾先生，在乡邻四里很有点名气。祖母不识字，是一个温婉的妇人，勤劳善良很会持家。缪昌文的记忆中，从没听到爷爷奶奶吵过嘴，从没听到他们抱怨张三李四，家里有一种说不出的和谐。父亲缪承明是小学老师。母亲没念过书，大字不识，生养了 3 个儿子 3 个女儿。要说年景，那是看得见的清苦，缺粮成了常态，农民无权决定种植什么。可母亲有一招抵挡——长年摊晒山芋干，她对山芋干山芋藤情有独钟，因为用它来填肚子非常抗饿。总见母亲眉眼舒展，有那份过日子的心思，屋舍收拾得整洁，粗布衣裳浆洗得干净；一方豆腐几星绿葱，一碟花生几把红豆……母亲爱烧土灶，听柴火在灶里噼噼啪啪，闻着焐在火里的红薯土豆的香气……

大气候虽然无孔不入渗透田边地角，但外面世界的动荡喧腾到了这里已成微波。总有什么源远流长亘古不变的东西吧。村里谨守着犹存的古风。

重教育，是姜堰的地方特色之一。这传统因子渗遍土地，渐渐变成了某种气脉运行。“天下第一等好事还是读书”——其理念在当地深入人心。诸多有实力有声望的人士支持办学，承前启后把教育的脉络在家乡接通了。世代重视子女教育，认为不受教育就难有谋生能力，没有谋生能力就难有更大担当，故通常举全家之力让孩子读书，乃至当地出了很多重量级人才。

缪家在全村受到相当尊敬。缪昌文的祖父走在街上，总有人尊称他“缪先生”。缪先生则热心公益，参与了乡村学堂的很多事务。

缪昌文和祖父住在一起的时间比较多。常见爷爷摇头晃脑抑扬顿挫吟读古书，眉宇间一派与世无争的慈祥。《论语》《大学》《三字经》……他也就跟着一唱一和，朗声念出诗词戏文。“士不可不弘毅，任重而道远：仁以为己任，不亦重乎。”爷爷的书法涵韵聚气，线条流动如水，他用心看在眼里……

贯穿老先生一生的基调，是仁爱，是躬身自省。缪昌文常年在爷爷的羽翼下，无论是否在意，后来做人做事总有老先生的影子。比如祖父爱引用《论语》中的一句名言："磨而不磷，涅而不缁。"意为磨了以后不变薄，染了以后不变黑。教导他无论遇到什么困境，都要坚持理想。做正直的有志之士……除却天赋外，什么是家学，我想大概这便是了。

父亲也继承了祖父的家风，是受仁爱信念影响的乡村知识分子。教学用心，对缪昌文要求很严，但从没大声呵斥过。受祖父和父亲的亲自调教，缪昌文的内在学养形之于外，流露出一种有教养的书卷气。

到底是教师的孩子，他在王家小学念书非常轻松，考试从来都是第一第二名。

他进的中学，是当地很不错的大伦中学。同班同学戴汉民清楚地记得，缪昌文一入学就显得出挑，第一篇作文就成了老师朗读的范文，写得生动有趣简洁轻松，没有花里胡哨的东西。他不光成绩冒尖，还擅长文艺体育。唱歌、拉二胡、打乒乓球、打篮球，样样在行，并且有组织才干，很快当选为班长。

他偶尔发现戴文海老师家里藏书很多，常常放学后就跑到戴老师家，翻文学名著、读科普读物……杂七杂八的书都喜欢读，一度干脆住在老师家里。戴老师也特别欣赏他的好奇心和读书天赋。好奇心是创造力之母。他爱动手捣鼓什么，比如磁铁线一绕，就装起了矿石收音机，可收听广播。学校的广播喇叭坏了，他自告奋勇去修理……

有件事让他记忆深刻：一向数学拔尖的他，做某一类数学题总出错。戴老师存心诘难他：你就一根筋出不来？为什么总错在那一点上？这当头棒喝的一问，改变了缪昌文的学习方法，他由此悟出了“举一反三”的道理，一下子开了窍。

1974年高中毕业。他没更多的选择，就顺其自然回村子里做起了农民。

先是去水利工地“挑河”，那真是用扁担一筐一筐把挖出的河泥挑走。其阵势足够浩大，纵情伸展的河床边，满是人头满是烟尘，突击队的旗帜呼啦啦飘着，号子声此起彼伏……

然后忙着插秧割草。每一棵秧苗都是手栽的，可不敢直腰，得赶进度。总有蚂蟥附上腿。乡里要求每户人家沤草泥塘，需要1000斤杂草，他忙活一天就完成了。当然，挑大粪并不拿手，搬运也缺耐力，来回次数一多，肩膀被扁担磨出了血，衣服和皮肉粘在一起。

那时艰苦，出工一天的工钱通常换不到一个鸡蛋。皱缩干涸的泥塘里，隐现了生活的裂缝。

不久，村支书张兆林发现了他的写作才能，就把一些动笔头的活儿交给他，比如写新闻报道，编乡村史料……

1976年，乡里的文艺宣传队到每个村巡回演出。那是属于那个年代的特殊场景——每年的文艺汇演聚集了曾经风光的一群年轻人，皆是各有特长的高手，皆是“明星”。激情的歌舞伴随其青春芳华，《洪湖水浪打浪》《红梅花儿开》《大红枣儿甜又香》……

幸运落到了缪昌文身上——因能歌善乐被大伦公社宣传队接纳，每当有庆典活动便登场演出。不久，他担任了宣传队长。

看过电影《芳华》的观众，可以想象管理一支宣传队的复杂。当年的舞蹈队员邱爱萍回忆：这相当于一台音乐会，怎么让每一种乐器不荒腔走调，指挥大有门道。缪昌文那时候就显露出协调能耐。他是宣传队的顶梁柱，编节目，独唱、合唱、奏乐、指挥，十八般武艺齐全。才识胆量都高人一筹，让我们不得不服气。

童年时期的孩子王，学生时期的班干部，回乡之后的宣传队长，也许不同程度锻炼了他的领导力。他在乡村度过的青春岁月，或许没给他足够的知识储备，但各种操练，显然让他能坦然应对多变的社会现实。

回乡务农的第4年，是1977年。

这年秋天，缪昌文正在干农活，村部的高音喇叭里播出了恢复高考的消息。

两个月的冲刺，他如愿以偿，成了那代人的幸运者，成了恢复高考后南京工学院（后来改为东南大学）的第一批新生。

记得那天宣传队有人告知他：你有一封挂号信快去拿啊。他一时懵了：我怎么会有挂号信？

忽然反应过来，会不会是大学录取通知书？他激动得一下子从地上弹起来，向邮局撒腿狂奔。挂号信果然是来自南京工学院……

缪昌文成了全村目光的焦点。都说缪家门风好，出了孝子。

本来，眼看着只能成为新一代农民，却忽然时来运转；眼看着这辈子离不开这乡村土地，却忽然又另启天窗。

生命顿时有了一个新的支点。

关于缪昌文选择的专业，说起来很偶然。考大学那会儿只感到兴奋，对填啥志愿却迷茫，来来回回修改了五六次，举棋不定。最终听取了家乡一位老师的建议：南京工学院号称

“小清华”,学校不错。建筑材料及制品这个专业比较冷门,报的人少,你就填这个吧。

多年后他感慨:原本是为了增加录取几率,没想到,却让我入对了行,找到了一生热爱的事业。

二

这是缪昌文人生的一个重要节点。

东南大学的建筑系、土木工程系历来赫赫有名。每一栋教学楼里都有传奇故事。现代建筑史上的“建筑四杰”——刘敦桢、童寯、杨廷宝、梁思成,就有3位出自这里。

东南大学材料学科起步于20世纪20年代,是由中国混凝土之父吴中伟教授建立的。1928年,东南大学的前身中央大学设立了工程材料等本科专业。1984年组建了材料科学与工程系,并于2006年更名为材料科学与工程学院。

东南大学的校训:止于至善。缪昌文的理解是,首先是关爱他者,与人为善;然后是善于学习,善于思考……

缪昌文关于大学的最深记忆之一,是东南大学的优良学风和教学理念。

到了20世纪80年代,各种新思潮来涌进校园自有元气淋漓之象。走在校园里，能感受到改革开放的生机。一些重大命题的勇敢追问，一种可能实现的路径探寻，年轻人有理想主义的情怀，有驰骋想象力的足够空间。

崭露头角的缪昌文，因为很强的社会工作能力和组织能力，被选为大学的学生会宣传委员。

同学们特别珍惜失去的岁月。读书普遍刻苦，好不容易捡回来的机会啊。有三十多岁的“老学长”，经历过“史无前例”的磨难；有十几岁的应届生，还是一脸孩子气。几乎是两代人。晚上学校熄灯了，还有不少同学猫在宿舍过道里看书。

他有幸遇到一批底蕴深厚的老师，以学术张扬生命。恨不得把知识一下子教给学生，每堂课的内容都满满当当。那时每周 26 节课。新的教材还没来得及编出来，有些课只有讲义，上课要大量做笔记。

孙伟老师是缪昌文的科研领路人。“孙伟院士是我的恩师。”

她谦和睿智，对专业的痴迷和热爱，赢得了学生的格外尊重。她做学术的特点是把理论与应用尽力拧合。“我在混凝土中度过了一生的黄金岁月，觉得非常快乐！”

难以置信，这样一位满腹学问的女士，在简陋的实验室，成天灰头土脸素面朝天，不时搬弄百八十斤重的钢结构混凝土模型，记录成千上万个数据。为了增强混凝土的韧性，需要在混凝土中添加钢纤维。但1980年代没有专门的厂家做钢纤维。孙老师团队最初的研究，就是自己动手一点一点切割油丝绳，从中剥离出钢纤维来……听说激发她选择“混凝土”的火花，来自她少女时期看过的一部电影：一位女工程师穿梭在只有男人身影的建设工地……其从容淡定的姿态打动了她，于是她的高考志愿就填写了南京工学院（东南大学前身）土木工程系。

那年月，由于教授的影响而决定学生大致走向的现象并不少见。

对一种精神表达敬意的最好方法，是亲自实践。

缪昌文开始跟着孙老师先做基础研究，冷板凳一坐就是几年。

混凝土的历史可以追溯到古老的年代。5000年前的先民已懂得了类似的钢筋混凝土：“挖槽填烧土，木骨撑泥墙。”到了20世纪，法国用钢筋混凝土建成了第一批桥梁和人行道。20世纪初奠定了混凝土强度的基础理论。钢筋混凝土开始成为改变这个世界景观的重要材料。

那时，环绕着缪昌文的，书里书外都是土——混凝土。

缪昌文院士在实验室

这一领域需要多种学科的交叉。工程力学、流体力学、工程地质学、工程水文计算机应用、施工技术与管理、化学……随着建筑材料变得复杂多样，得综合更多不同的视角。他是个不易被框住的人，敢于打破科系之间的界限，不光专注于书案，还积极参与各种相关实验，材料、土质、结构……

孙老师通常在实验室一待就是十几个小时。缪昌文慢慢也练就了一身耐得住寂寞的本领。

据说西点军校每年招收 1200 人，但毕业前会有一小半人中途退学。大部分退学的人是在入学两个月后，因为他们扛不过为期七周的兵营训练。毅力量表的测试可预测出哪些人会留下——你能否做到无论什么事情，只要开了头就会完成它？你是否不轻言放弃？

在生命和混凝土悄然连接的几年苦读中，有一种综合素养超越了单一的专业视野。好像眼前那条路，载的不只是混凝土，而是努力下去的希望，一条即将问世的大道。他认为路上的科研发现，不应搁在展览厅，不应锁进抽屉，而应嵌入路本身……

1982 年他大学毕业。但对母校一直心存感念，从丹麦回国后他就把自己所获得的第一笔奖金 20 万元，全部捐给了母校，在东南大学成立了“缪昌文奖学金”。2003 年，东南大学土木学院建院 80 周年、丁大钧教育基金会成立等，他都亲自参加并给予资金等各方面的支持。

2009 年 5 月 27 日下午，东南大学的吴健雄纪念馆报告厅里气氛热烈，座无虚席。缪昌文正在母校做一场“我的创业之路”的精彩演讲……

针对大学新生如何面对即将开始的大学生活这一话题，缪昌文总结出自己的三条心得：

一是“How to be”，也就是如何做人。首先要学会正确地认识自己，设定切合实际的目标和理想；其次要做有高尚人品人格的人，包括良好的谈吐和修养，要有敢于做大事的胆量，有能容纳他人的肚量，还要有感恩之心等；第三要做一个有真才实学的人，要脚踏实地地学习新知，以自己的学识和能力，赢得他人和社会的尊重；第四要做有团队精神和合作能力的人。要把一件事做优秀，一定需要和其他人的合作，我们要学会欣赏别人的优点、接纳别人的缺点，善于发挥他人的长处，这是团队合作最需要的。

二是“How to do”，也就是如何做事。首先要养成踏实勤奋的作风，这是成才成功的基石，要打好扎实的专业基础，不能好高骛远、眼高手低，否则容易一事无成；其次要有做大事的胆量，学会开阔思路，多听、多看、多思、少说，创新的思路往往建立在“博学”的基础上，要大胆去闯、大胆开拓；第三要有容人的肚量，保持健康良好的心态，能正确认识自己的不足，善于学习他人的长处，善于用人之长；第四是能正确处理好这五个方面的关系，即“公与私”“名与利”“得与失”“顺与逆”“上与下”等，力求做到公私分明、淡泊名利、不计得失、顺其自然、诚实守信。

三是“How to learn”，也就是如何学习。首先是打好扎实的知识基础；其次是善于思考和钻研；第三是要有科学的学习方法；第四是要付出比常人更多的努力；第五是要培养创新的思维，在博学的基础上广开思路，大胆去想，大胆去闯，同时要善于学习他人的长处，通过融会贯通形成自己的东西。

三

1982 年 1 月大学毕业，缪昌文被分配到中国水利水电科学院。

“水科院”的平台很开阔。书本上的知识，慢慢化成了真枪真刀的历练。他在那里工作了两年。

1984 年他有了自己的家。太太是医务工作者，很忙。不久又怀了孩子。他为了照顾家庭，决定回到南京。

缪昌文进了江苏省建筑科学研究院，继续从事混凝土的科研项目。很少有人去读埋在土里的幽暗，他却从混凝土里读出了诸多趣味。就像面对一棵树，观察时间在它的叶脉里慢慢流动，岁月在枝丫间默默生长……那是一趟奇妙的分子辨识、拣选之旅。分离聚合的分子，都有灵性，挥洒着温情。

忽然发现了光亮穿透的地方。只有极专注的眼睛才会有所发现。

缪昌文发明了混凝土早期变形测试新系统，在全球率先解决了传统测试方法无法测出混凝土 24 小时内收缩变形的技术难题，实现了混凝土自加水成型开始的分阶段全过程收缩过程……

他带着个人的创意，加入了一代人的创造。

根据孙老师的提示，他开始着重从三个方面入手研究混凝土：一是延长材料的使用寿命，由此延长建筑物的寿命；二是实现建筑材料的多功能，三是实现建筑材料的节能环保。

他一直感念老师。后来创业期间，他也一直与孙老师密切合作。

2018年，由孙伟和缪昌文这两位师生院士合著的新书《现代混凝土理论与技术》出版。

我赶紧翻开补课，“高强度混凝土具有强度高、负荷能力大、资源和能源消耗少以及耐久性优异等特点，能满足高层建筑及大跨、重载的土木工程要求……”

1986年1月，他飞越大洋前往丹麦科技大学留学，和一个全新而陌生的世界相遇。

由此打开了一本大书，让他拥有了更开阔的视野。

舆论普遍认为，1980年代出国留学的这批留学生总体素质极好，不仅刻苦低调，而且学养不俗。

草坪、古堡、老桥。几乎抬头就见教堂。丹麦很少有夸张的摩天大楼，房子大多老旧，但干净，安静。窗外的天空澄明高远。

白皮肤、棕皮肤、黑皮肤，那时候很少见黄皮肤的中国面孔。留学生中有一些外国政要的公子，对于一位来自中国的普通农家子弟，有人流露出不屑的神情。

静谧的大学图书馆深深吸引着他，闻得到古老木头和皮革的味道。1980年代，有机会读到国外那么多专业书籍太不容易了。眼前是新的广阔原野，通向原始密林的路就铺在密密麻麻的文字里。书页散发着奇特的幽香，他怀着虔敬的心情沉浸其间，发现有价值的目标，寻找可以探究的线索。常常在里面一泡就是整整一天。换一本书，再换一本书，真恨不得住在书里面，拿文字喂饱自己。

有难度的原创性著作他尤其感兴趣，因为有新东西。阅读过程中，想象能力遇到了挑战。无声的挑战让他兴奋。

更熟悉的空间是实验室。同样面临挑战。试试，再试试。尽可能做那些陌生的尝试。他隐约知道可以做什么了。无数次实验，他拿出的数据，多是干货。

他在那里学到了做研究的重要方法和理念。了解了世界前沿的诸多专业信息。

学识渊博的导师很欣赏缪昌文的探索精神。他会提出很多“为什么”，逼迫自己去深思。有学者说：问出个好的问题其价值不小于一个好答案。可能还更有价值，因为问题才是真正的前导，答案是由它逼生的，有问题才知道去思索去探究。

导师是一个有趣的老先生，对出色的学生，他的奖赏方式是请学生到自己家里做客。

3 个月的基础研究和实验技能培训结束后，缪昌文凭借其扎实的功底和创新的思路令人刮目相看。几乎每周都被邀请出席教授的家宴。一桌人谈笑风生，平日透着学究气的导师此时变得幽默风趣："如果每个人都像 Mr. Miao 这样努力，我就太高兴了。"

学习能力通常决定着一个人能走多远。缪昌文懂得举一反三，他并不一味苦读，乐意走出去。听讲座、看演出，接触外面的大世界，丰富认知。

他寻访安徒生的雕像，寻访美人鱼。安徒生的童话已成为这座城市无形的一部分，就在人们的呼吸中。

他试着比较东西方文化的异同。

东西方文化其实也是相通的，都在提出相似的问题，寻找接近的答案。他是初次接触另一种文化，开始感觉新鲜陌生，有意思的是，也给他一个机会去审视自己的文化。里尔克这样形容"传统"：在人们中间，它是一条运载的河流。

西方重思辨艺术，中国重生存智慧。

西方文化中有值得借鉴的部分，比如随时都能听见的声音：谢谢、对不起。

这是非常重要的教养：懂得感恩，擅长自省。似乎仍有一门课程需要深入研习，那就是“尊重”。一个“尊重”，在西方词典里显得特别贵重。怎样理解他人并为他人着想？怎样反思自我求得超越？

想起父母以前常挂在嘴边的一句话就是：你先得学会做人。他理解的学会做人，首先是知书达理。就是像父亲那样正直清白，像母亲那样善解人意。换言之，活得有人品。

留学期间有一个小插曲：那年他去参加“中国电影周”在丹麦的开幕式，现场气氛活跃。电影《苗苗》的女主角李玲，热情邀请留学生和她一起演唱。缪昌文落落大方地走上台，和李玲唱起了《天仙配》，有同学拍下了这精彩一瞬……去年他们在全国人大代表会上意外相逢，彼此从对方眼睛里读出了惊喜。说起当年往事，不由感慨……

留学生涯很快结束了。他感觉上完了另一个大学的四年课程。

导师希望他留在丹麦工作，当然有丰厚的生活待遇。但他牵挂着家，那一代人大多有学成归国的想法，觉得回国能做更多的事情。

在回来的飞机上，他开始思考更深邃的命题。如何搭建科研成果转化的平台？

他以新的国际视野，更开放的心态，关注着自身之外的世界。

多年以后，缪昌文和他的学生再次出现在导师的庭院里，引起一片快乐的惊呼。他们想起了一桩桩遥远的往事和一个个素昧平生的旅人。

四

1988 年，缪昌文从丹麦学习回来，他就挑起了江苏省建筑科学研究院建筑材料研究所所长的担子。当时，“建材所”的效益在院里倒数第一。

他便琢磨技术与应用相结合的通道，积极探寻把科研成果转化成产品。

20 世纪 70 年代，牛津大学发明了锂电池，却将这项发明一次性给了索尼公司。牛津的科学家坦承：如果我们当时知道如何将这些成功的科研知识产权化，这项锂电池发明会给牛津带来完全不同的影响。

缪昌文 10 年冷板凳坐下来的第一项突破：首次采用烧

结法研制出了“JK 系列混凝土快速修补剂”，水泥路面采用此新技术修补后 4—6 小时就可以通车。

得知南京机场跑道的水泥路面需要修补材料，他带着团队主动登门拜访，免费让人家使用新的修补剂。果然效果不错。

这几乎是一个超现实的段落——昨夜还是泥巴一样湿漉漉的混凝土，今早就干绷绷可以溜冰跳舞滚车轮啦。

原来路面修补后通常需要 72 小时才可以通车，现在只需要 4—6 小时。

比如在武汉天河机场，只用了 4 小时，波音飞机又在跑道上了。

路。他的人生就是为了铺设更结实的路。

值得一提的是，缪昌文研究的这一系列修补剂是在创造性地改熔融法生产为烧结法生产的基础上研制的，成本比传统熔融法技术降低了一大半。它打破了国外对混凝土外加剂的认知禁区。此项新技术后来获得了省科技进步奖，成为我国水泥混凝土路面快速修补的主材料。

福特当年的美国梦，成就了这样的速度：在这里，原材料经过大约 32 小时，就变成了现金。

创业之旅的起点，是 1993 年。缪昌文自己筹备资金 5.5

万元，带领项目组一帮人开始创业。

当初的困窘一言难尽。外人眼神复杂地看着这条不起眼的混凝土外加剂复配生产线，表情错愕。

结果当年就赢利50万元。仅仅一年半时间，“建材所”就走入科研成果产业化的通道，成了“江苏省建筑科学研究院”效益最好的研究所。

1994年，他又创办了科技产业化基地——江宁道鹭建设材料厂。将其主持完成的相关科研成果，快速转化为新型建筑材料。两个月就创造利润60万元。

2002年，再建具有国际先进水平的生产企业——江苏苏博特新材料有限公司。

如果说江苏苏博特崛起的引擎是科研成果，那么成果应用的效益，则为其持续发展输送着燃料。

“人无我有，人有我优”。缪昌文拥有敏感的技术嗅觉，以及应对挑战的追求。他提出这样的策略：领先半步。如何理解“领先半步”？搞科研跨出一步的成本太高，时间也够长，不如加速运转，强调性价比。比人家快半步，好那么一点点也更容易被接受。

产品开发的远见，领先半步的技术，使公司屡获良机。

他觉得也有运气的成分——赶上了中国第一次建筑浪

潮,到处在修建公路铁路,到处在修建房子。

五

2000 年,缪昌文出任江苏省建筑科学研究院院长。

面对 1990 年代蔚为壮观的经济崛起,人们也经历了巨变引发的普遍焦虑。

他总在思考,江苏省建筑科学研究院的发展如何有所突破?

2002 年,作为江苏首批应用型科学研究院改制的试点,江苏省建筑科学研究院开始了不寻常的改革。由政府财政差额拨款的全民事业单位,改制成自主经营、自负盈亏、风险自担的股份制民营科技型企业。

江苏省建筑科学研究院那几年在他的“操盘”下良性运作,逐步走向一个崭新的高度。激活市场,控制成本……他深谙规则,洞悉时局。

关于江苏省建筑科学研究院的改制,是一步到位还是留有余地?从安全的角度考虑,可留一定比例的国有成分。

身为董事长的缪昌文在犹豫。一个声音在说,安全要紧啊,否则,你得背水一战。忽然,电话铃响了,之后,他听见了友人的提示。

有时候，勇敢，是一种舍弃的能力——舍弃很多现成的东西，为了一个更高的愿望而付足代价。

他果断舍弃了原有的安全方案。走一条充满风险的民营之路。全院上下出资买断了全部国有资产。

明知不可为而为之，这是他的人生姿态。

改制的过程不会和风细雨。头绪太多的繁复运作程序……总伴随着一地鸡毛，伴随着某种裂伤。困惑当然也有，不过只宜搁在夜深人静时独自承受。有时气候变化莫测，需要找平衡。好多高难度的动作，一个闪失就会引起连锁反应。

有一位员工超额完成了年初制定的任务，按规定可以拿到几十万的年底奖金，这在当时是个惊人数目。是否足额发奖？下面众声喧哗。不少人找他，好心劝他"一碗水端平"，以免伤了多数人的积极性。但他力排众议，支持博特公司足额发了奖金。

这件事在全院引起震动。

为人品格周正，操作层面务实。他把多重角色结合起来，找到了一种恰到好处的平衡。

改制的过程最终没有伤筋动骨。缪昌文感到庆幸："这样一次大的重新整合，从来没有人跑到我办公室拍桌子掀板凳。我对大家的支持心存感恩。"

事实上，他坚持一而再再而三减少自己的股权，更愿意分享——用以平衡创业元老和普通员工的贡献。

这一条，也是弥合转制时期某些裂伤的重要缝线吧。

同时，缪昌文好像富有"异禀"：一种在关键时刻选对人才的一流直觉。

他选择管理干部的标准很独特。第一条就要求"有思想"。他不看好动不动就"请示汇报"的听话人，主张独立思考。他提倡能者上，敢为人先者上，尽心奉献者上。还有一条：要选择比自己更强的人才。

博特公司混凝土专家刘加平，突破传统模式，富于创新思维，并且敢于发声，常常提出不同见解。缪昌文乐于接收来自不同频道的声音。很快将他提拔到博特公司一把手的岗位，并推荐他去美国深造。果然，在刘加平的带领下，博特公司内部管理规范，很快成为全国同行业的龙头。

刘永刚是学材料力学的，1992 年进江苏省建筑科学研究院做结构研究。33 岁那年，他就被推上副院长的岗位。开始他心里很不踏实，担心没经验会出错。让他意外的是缪昌文给了年轻人最大的信任，允许年轻人试错。作为董事长，缪昌文只管原则，只管导向。连院务会都不参加，一切由公司总经理和团队说了算。

于是一次次摸索。好几次面对迫在眼前的糟心事，刘永刚处理不太到位。跌倒时，总能听见这样的鼓励：没事，晓得自己的不足，就是进步的开始。接着再试！

于平平常常中，缪昌文几句说笑就会一下点中痛穴。他自己擅长反思，说正视自己的弱点，总是让人不爽，但它值得一做。

这是一段高密度的学习过程，每个难题背后，皆有超出原来经验范围的新知。刘永刚慢慢觉得，每个难题，都藏着一个机会，这是创业最本质的思维方式。不光需要信息量的密度、新鲜度，更需要自己对信息的把握、提炼……这是人生经历里的一次“突击”。缪昌文最大限度地激发了年轻人的成长，不允许你被懒字截获，逼迫你一专多能，挑战你的自我发现。他看重的不只是你的经验，更是你的学习能力、责任意识。

改制后，新成立的公司当年就实现了产值 1.8 亿元。江苏省建筑科学研究院有限公司，一跃成为国内规模较大的综合性建筑科学研究和技术开发机构，成为全国具有代表性的创新型民营企业。

一时间，院里出现了一种满足现状的情绪。缪昌文及时发觉了这个盲点，在全院范围内开展以“危机感、紧迫感、责任感”为主题的系列教育活动。他认为：在市场经济条件下，企业的发展如同在斜坡上行走，保持原样就是后退，小步快跑也不行，必须大步跨越才能求得发展。

韩小冬原来在核工业部华兴公司工作，收入很高。但总想再尝试点什么。于是参加了几次人才招聘会，偶尔见到了面试官缪昌文。开场简单的介绍，就引动了他的好奇之心。直觉告诉他，这是一位有思想的智者——身上有书卷气却没学究气，一下能抓住问题的实质，见解独到。有些提问本身就充满了挑战。令韩小冬记忆深刻的是缪昌文反复强调两个字：规范。财务怎样确保规范透明？

韩小冬的岗位是财务总监。这么一个重要职务，请完全是圈外的人士担当，可见缪昌文的磊落气度。记得有人从单纯利润角度考虑，建议公司做房地产——江苏省建筑科学研究院本身研究建筑材料和技术，正赶上中国的第一波建筑浪潮，到处在修建新房子，何乐而不为？但缪昌文“不为浮云遮望眼”。有些东西明明有能力要，可以得到。但他宁可不要，不被速度的亢奋吸引，而保持自己的内在准则：坚持做江苏省建筑科学研究院的主业——专注于转化科研成果。技术是立足的根本。而转化科研成果，不只是一种想象，更是一条可行的通道。

是的，他总是强调建立自己的内在准则。如何摆脱单纯的物质积累，将科研成果转化成一种精神影响力？过于实用主义，是否会妨碍我们对世界和自己的理解？他愿意做单纯主业的守望者。

80后的副院长徐岳，当初学的专业是中文。2003年到江苏省建筑科学研究院任行政秘书。

“缪昌文给人的第一印象，是沉稳的眼神。他好像天生有一种让人信服的力量，其谈吐言笑很快会感染影响你。”徐岳的信心之始，正是从这沉稳眼神开始的。来了几位员工在咨询，缪昌文听得入耳入心。明明是别人在出难题，为什么他始终面带微笑，还如话家常？那样的不忍之心，是对普通生命的极大尊重。他一下子有了精神被提升的感觉，

徐岳说：“董事长教我的最重要的一课，是做人。不是世俗意义上的待人处事，而是尊重每一个个体的教养。出自真心，方入人心。他做人最大的特点是包容，是内心的善和暖。”

那天，孙伟老师感觉浑身乏力，但依然打算去实验室。忽然，一辆小车无声驶来，停在她家门前——原来是缪昌文特意调拨了一辆车，配了司机，专门用于接送孙老师。此情此景，怎一个谢字了得？

当时孙老师还没有当选院士，并不能享受学校车子接送的待遇。而学校搬到江宁后，实验室离她家远了。为了节省路上的时间，孙老师干脆住到新校区。

缪昌文的学生穆松记得，有一次缪老师去广东出差之后，前往青岛参加项目论证会议，再返回南京。一路上风尘仆仆，随身携带着一盒冷藏保鲜荔枝，那是特意为喜欢吃荔枝的孙老师买的，他一回南京就驱车直接送到孙老师手里……还有一次，缪老师飞行了十几小时刚从国外回到南京，忽然听说孙老师生病住院了，下了飞机没有回家先直奔医院……

他确实有一种弥合人心的特殊气场。

我曾听超导专家说及“层展效应”：就是你把几样简单的东西放在一起，它会突然展现出完全意想不到的复杂样态。比如，如果把生命的每个元素分开来，不过是氢氧等，跟水是差不多的。但组合起来，却是这么有意思的生命。有感情、会思考。为什么会出现这么奇妙的现象？在超导里，所有的电子都在齐心协力做同样的事情。

六

院士，这是全球学术界给予科学家的最高荣誉称号。

2011 年 12 月 8 日，中国工程院正式公布 2011 年新当选院士的名单。江苏省建筑科学院研究院有限公司董事长缪昌文当选工程院院士。

缪昌文说：这是我人生的另一个起点。要真正当好一名院士，并不是一件容易的事。为了不愧对这个称号，我必须比以前更加努力。为此他立下两条军令状：“在做人方面，院士必须是品格高尚的人，一言一行都要做好表率，树立端正、严谨、求实的风气；在学术方面，要做好标杆，不光要当好学术带头人，在引领前沿科技发展方面也要敢为人先。”

他对荣誉一直心怀警惕。

多年前，有一件事被组织部门传为一次“奇谈”——在很多人争先恐后“求进步”的年头，居然也有人挖空心思“求退缩”！

外人看来，体制内的升迁与否似乎是一种制度化了的奖惩手段。考察，当然意味着业绩斐然有望提拔。

作为江苏省建筑科学研究院院长的缪昌文,更愿意保持书生本色,给人一个低调务实的背影。那次他听说了上级部门要来考察,便主动去找组织部的梅处长吃简餐。

他首先感谢领导对他的关注,只是……话题一转,他开始揭自己的短板,说了 3 条理由:一没有在政府机构的工作经历,恐怕不适合行政岗位。二是干部的后备人选比科研人员更充足,国家培养一个知识分子更不容易。三是从个人的兴趣及收益考虑,也更愿继续做科研……

话说得很实在。他有个切身感受,科技创新是长期积累后的灵感迸发,如果这个积累的过程被经常打断,那么灵感的火花也无从捕捉。

梅处长若有所思,心头似有什么被触动。

最后他恳切希望梅处长给他“差评”:此人不宜提拔。

当初大为惊讶的梅处长后来感到欣慰,因为干部队伍里虽然少了一名厅官,但科研部门多了一位更难得的院士。

缪昌文还打报告请辞全国人大代表,因为已经连续当选了 3 届,他希望把更多的机会让给年轻人。

他开始考虑低碳加减法的哲学命题。知道取舍很不容易。一个对财富有长远见识的人,会慢下来,会懂得取舍。

为了推动绿色发展方式,深化绿色建筑国际交流合作,江苏省建筑科学研究院有限公司等单位倡议成立了“国际绿色建筑联盟”，缪昌文院士任联盟主席。

他奔走在一些学校，为师生剖析绿色建筑材料领域的现状，着重介绍了新型低碳水泥材料、混凝土长寿命技术等。

“千万不可小看建筑耗能，它与工业、交通并称为我国三个‘耗能大户’。和传统建筑相比，绿色建筑耗能降低，尊重当地自然、人文、气候，并且更加注重环保因素。当前推动建筑节能、发展绿色建筑已成为广泛的社会共识，是大势所趋。”

他举了一个身边的例子：“江苏的夏天很热，太阳辐射会使室内骤然升温，我们就采取在窗户外面安装遮阳帘的办法，室内温度能下降 5℃－6℃；而对于北方，室内外温差较大，相对遮阳来说，使用一些保温材料阻止热交换显得更加重要。”

然而，绿色建筑在设计和改造的过程中，必然会导致成本的增加。对此，他算了一笔账，几年前，他牵头将所在单位——江苏省建筑科学研究院的办公楼进行了简单的四步节能改造：给屋顶添加具有隔热保温效应的隔热层，在墙体上贴上一层隔热保温的装饰板，将单层玻璃替换为双层玻璃，窗户外面增加遮阳窗。整个工程改造面积达七千平方米，节能率达55%以上，总共花费却不到200万。

对大家普遍关心的南方地区能否像北方一样集中供暖，缪昌文也算了一笔经济账：尽管在南方集中供暖的一次性投入较大，但相比每家每户开空调来说，供暖的能耗必然要小得多，而且可以充分利用建筑垃圾燃烧的热量，因此从经济效益上看是相当合算的。但如果要对南方所有的新老房子进行重新改造，则工程量太大，存在一定难度。

那天我去了南京江宁苏博特公司。横空出世的国家重点实验室，周围是一派青葱的绿色。静谧中藏着无尽的未知。这是一个有创意有梦想的地方。

这里散发着难以言传的气息。它不是无形的物质，而是一种特有的精神。

走访苏博特，我遇见各路高手，如同打开一本又一本书。一支拥有26名博士，120名硕士的专家团队，其个性特质大异其趣，与传统印象中的职场人不大一样。我很想知道：他们为什么选择这里？

"在这里工作是一件让人高兴的事。这里有特殊的气场，让人全身灌注了能量气体，精气神儿提升着。内心的能量起来后，已不容易放下了。一生能有几次参与梦想的操练呢？很久没有那样激越的生命状态了，人就在希望里穿行，愿意不那么功利地做些事……”

我把记录的小纸片收集起来，串成这份备忘录。于是我听见来自他学生的几段独白——

为什么选择缪老师作为导师？

这是穆松博士的感言：

作为缪老师的弟子，我选择缪老师的原因：

第一，混凝土行业的学术与行业影响力巨大。

首先，缪老师长期从事土木工程材料理论研究与工程技术应用研究，20多年来一直活跃在我国重大工程建设项目的第一线。他先后承担了包括国家“973”项目、自然科学基金重点项目等国家、省部级科研项目30余项。先后获国家技术发明二等奖1项，国家科技进步二等奖3项，省部级科技进步一等奖6项，国家发明专利82项，出版专著4部，发表论文200余篇，其中SCI、EI或ISTP收录其论文150多篇，在国际上享有较高的声誉。获得香港何梁何利奖、全国杰出专业技术人才奖、江苏省十大杰出专利发明人、江苏省首届创新创业人才奖等荣誉。

其次，缪老师以“背靠理论，面向生产”为核心理念，积极将先进、成熟的研究成果应用到混凝土行业并取得了公认的成绩。被先后推选为中国建材联合会副会长、中国土木工程学会常务理事等社会职务。

第二,具有强大的国际视野与开放精神。

首先,缪老师倡导无论是做科研还是工程技术,首先要瞄准国际前沿与“卡脖子”的关键问题。发明了混凝土早期变形测试新系统,在全球率先解决了传统测试方法无法测出混凝土 24 小时内收缩变形的技术难题,实现了混凝土自加水成型开始的分阶段全过程收缩测试;首次研发出高性能混凝土外加剂及水泥水化热控制新技术,有效解决了大体积混凝土温度应力集中引起的开裂难题……

其次,缪老师总是以开放的心态与国际学术界保持紧密联系,乐于排除诸多困难与国际权威组织共同承办国际会议及博士生课程,邀请国际权威专家赴华交流与讲座。据统计,与国际材料与结构实验研究联合会在南京共同组织、承办了好几次国际博士生课程,来自国内外的数百人次参加了此项课程,提升了我国混凝土理论研究与工程技术在全球的影响力。被国际材料与结构实验研究联合会(RILEM)授予突出贡献奖,并被聘为国际材料与结构实验研究联合会(RILEM)管理与决策委员会的委员。同时,缪老师也是国际材料与结构实验研究联合会中国分会、美国混凝土学会中国分会的创会主席。

第三，“人无我有，人有我优”的开拓创新精神。缪老师更多给予的是科研方向与工作方法的指导，教导我最多的便是理论研究与工程实际相结合，重点解决实际工程难题背后的共性基础理论与应用技术问题。记忆犹新的是，2014 年青岛某大型工程项目遇到腐蚀介质超标数倍的技术难题，缪老师不辞辛苦曾多次夜里打电话向我了解情况，同时鼓励我们，勇于探索超标腐蚀机理与耐腐蚀技术，并从技术经济性的角度对比分析为工程难题提供经过充分对比论证的解决方案……

第四，谦逊的为人、实干的做事风格。作为我国行业领军科学家，缪老师一向以谦逊且平易近人风格受到大家的尊崇。他对自己的师长多年来关心备至。比如对东南大学孙伟老师，几十年师生情谊重。曾几次见缪老师下了飞机即前往其住处探望孙老师，与老太太聊聊近况，拉拉家常。他对待国内外的同事，无论科研成就大小均给予足够尊重。国际混凝土科研界的理论权威 Folker H. Wittmann 教授，是缪老师的多年好友，自苏黎世联邦理工学院退休后就到了青岛理工大学。为庆祝 Wittmann 教授的生日，应青岛理工大学邀请缪老师主持了专场的学术会议向 Wittmann 教授致敬。对待学生，缪老师是生活上关心到细节，工作上抓大放小追求卓越。我曾在博士后科研工作定位方面存在问题，导致科研成果未按照最初的预期落地，迟迟未能形成核心技术，缪老师一方面严厉指出了我的不足之处，另一方面提示我要以无机和有机的学科交叉来寻求理论突破与技术创新，要求有有机学科背景的同事积极参与项目，给予了我内心莫大的鼓励与安慰，激励我改变思路从最初方案中衍生出新的突破点。在生活方面，我曾经与缪老师一班飞机晚上返程回到南京禄口机场，缪老师关心我回家有无车可搭，特意询问我是否愿意搭乘他的顺风车回家，虽然我已提前约车未能和缪老师同行，但在那冬夜中仍然感受到缪老师的暖暖爱心。

这是佘伟博士的回忆：

我和缪老师相识于2013年9月，地点在我留学的英国苏格兰邓迪大学。缪院士是我在英国大学博士副导师郑立教授的大学同班同学，他们都是“文革”后第一批进入东南大学建材制品专业的学生，也就是我现在和院士共事的东南大学材料科学与工程学院。那次国际会议是我的英国导师，土木学院院长 M.R Jones 教授主办的，邀请了20多个国家的土木工程材料领域的专家在邓迪大学做交流。缪院士作为特邀专家在大会上作主题报告，缪院士那时候是欧盟的咨询教授，刚好也在英国访学。我去火车站接他的时候，开始还有点忐忑，院士那么大的名气，我待会谈什么呢。当然，这些忐忑在见到他的时候就烟消云散了，他见到我，第一句话就笑嘻嘻问我："在英国生活学习适应不适应，郑立老师对你严厉不严厉？"在随后的几天接触中，院士参观了我们实验室，和我们团队的学生交流了科研的问题和国外生活的细节。我记得最清楚的是，院士告诉我们，他当年在丹麦留学，几十个留学生聚餐，他负责做饭，油焖大虾是他的拿手好菜，并把配方告诉了我们，特别嘱咐：油要用橄榄油，油温要热。他特别风趣地说，做混凝土和做菜一样，要色香味俱全，要掌握火候，各种料的配比要得当。

院士在大会上做主题报告时，全程脱稿英文讲授，报告的内容我至今还很清晰，讲了我们国家的三峡大坝混凝土不开裂的关键技术，以及未来土木工程高性能、高耐久和可持续的发展方向，当时，屋内坐满了全世界相关领域的专家、学者和学生，报告非常精彩。现在，院士当年的展望都一一成为全世界范围内研究的重点和热点。

2014年，我回到东南大学，读了缪院士的博士后，缪老师对我的课题方向不做限制，他认为，年轻人就要开辟新的方向，要有勇气去挑战权威和未知领域，要做得比他好才行。

老师给我了各种参加国际会议的机会去学习新的知识，拓展新的见识，开阔新的视野，认识新的朋友。在生活上，处处为我们着想，我们刚毕业，没有宿舍和房子，他就安排我们住在公司员工宿舍，保证我们衣食住行无忧；给我们安排宽敞的独立办公室，保障我们能静心科研。每天早餐，我都喜欢围绕研发单位跑5公里，因为，住在研发单位时间长了，对研发单位的一草一木，每个门卫大爷，每个打扫卫生的阿姨我都很熟悉，这些成为我人生中美好的一段时光。

2016年，我进入东南大学缪老师课题组，从一个学生变成一个老师，自己开始带硕士生、博士生，这使我深刻领会到当老师的责任，还有缪老师对我们的良苦用心。这个时候，每次见到缪老师，他都让我们不要太忙，照顾好自己，多出去玩玩，多回家照顾父母，陪陪小孩。在我们人生的低谷和情绪的低落时期，总能毫无保留地支持我们。2016年8月份，我们团队一行十个人和院士一起去他当年留学的丹麦科技大学做访问交流。一到机场，丹麦科学院院士Jenson教授就在出口等待，以前别人告诉我，丹麦人一般都不这么热情。接下来的几天，Jenson教授的父亲邀请我们去他家吃饭，我们坐在他家的院子里面，喝着啤酒，看着满树的苹果，吹着风，听着他们回忆当年的故事。一样的景，一样的情，一样的人，缪老师笑得像个孩子。

缪老师是我们的老师，教授我们知识，传授我们方法，启迪我们的智慧；缪老师既是参天大树，也是我们的精神支柱，老师身教多于言传，让我们在无形中如沐春风，深受感染。我们幸运，幸福，感恩，也必将肩负起自己的时代使命，像老师当年一样，勇于创新，勇于突破，在行业内，发出我们中国青年土木工程学者的时代最强音！

缪院士具有独特的人格魅力，平易近人，总给人一种如沐春风般的感觉。他时常告诫学生，要先成人再成才，并以身作则，亲身示范。对待自己的师长，如南京工业大学的唐明述院士、东南大学的孙伟院士，他对两位老师的晚年生活非常重视，为他们配备了专职司机以方便出行，亲自为他们熬汤煎药以保健安康，每隔一段时间必登门探望以随时了解老人的实际需求；对待自己的同事，缪院士丝毫不摆架子，能做到有求必应，如丹麦科技大学的 Ole Jenson 教授就对缪院士感激备至，因其父亲老 Jenson 对中国文化仰慕已久却一直无缘接触，而缪院士知悉后把他接至南京，为他安排汉语课程，带他领略中华文化，使得老人家收获颇丰；对待自己的晚辈和学生，缪院士更是给予无微不至的关怀，如资助学生出国交流以增长见闻，如帮晚辈牵线搭桥以解决工科男学生找对象难的问题。总而言之，他总能设身处地地为别人着想，解别人之难。此外，除了学术和经商，缪院士还拥有众多特长，比如高超的歌唱技艺、绝妙的厨艺、棋艺等，是我们学生心目中的“男神”和学习的榜样。

这是冯攀博士的闲聊：

缪老师在我心里一直是一位和蔼可亲的长者，为人非常谦逊。记得当时第一次来南京和老师见面，是为了直博生面试。老师耐心地给我介绍了课题组的情况，鼓励我打好专业基础知识，要有创新精神，做世界前沿的科学研究。当时道别的时候，一个细节让我至今记忆犹新。老师面试完以后，好几位其他的同事都已经来到老师办公室汇报工作，但老师一直微笑目送我离开后，才和其他人交谈。老师对我这样一个无名小卒的尊重，让我很感动，也被老师的修养所折服。

缪老师除了在工作上对我们有很大的帮助以外，也非常关心我们的生活。就像家里的长辈一样担心我们，希望我们有幸福的家庭，有富足的物质条件。因为刚刚参加工作，没有自己的房子，老师为了减轻我的经济压力，免费让我住在博特的研发中心，还跟我说：“这里有食堂，不用自己烧饭，方便。”因为步入而立之年，但一直没有成家，为此给老师带来了不少的困扰。经常和老师见面的第一句话，就是问我：“最近进展怎么样？”相亲次数实在太少，每次我都只能说：“见的男生都把我当学霸，说您给我提供的平台太好，他们有压力。”老师就哈哈哈大笑起来。在不同的场合下，缪老师也是替我做足了征婚广告。还让我的同学、同事来劝我，让我平时多化化妆，穿好看一些。哎，看来真是让老师操碎了心。

缪老师还是个艺术家。唱美声非常棒！《鸿雁》《天路》等，都是老师的拿手曲目。据说老师年轻的时候是学校的文艺委员，组织各种文体活动。自己还会拉二胡。去年去英国出差的时候，老师还强烈建议我们去听当地的音乐剧，《歌剧魅影》《悲惨世界》等等，老师都如数家珍地跟我们介绍。

八

人的故乡，并不止于一块特定的土地，更是一种绵长不绝的牵挂。那生生不息之流多年滋养着缪昌文，让他与最深的根基保持着亲密关系。

他的身影，常常和村口的老树构成一幅画。

那天，我去他老家姜堰大伦镇的村庄。当地村民告诉我，脚下这条水泥硬质道路是院士捐资6万元修建的。眼前这座敬老院是院士捐资100万元新盖的——餐厅、娱乐室、医疗室一应俱全。2006年，他在家乡投资了姜堰市博特新材料公司，吸纳了家乡数百农民进厂就业，年产值4亿多……

院士85岁仍面色红润的老母亲吕兰君，正在地里刨花生。院子里还种植了一些菜蔬。屋外堆放了好多树枝，绵延到敬老院的走廊。老母亲舍不得扔掉，因为她喜欢烧土灶。有人觉得那么多枝杈占地方很碍事，主张挪开。院士却尊重老人的意愿。他说孝顺孝顺，先得顺着老人的心思。

他曾把母亲接到南京，但老人不习惯都市生活，喜欢乡村气息。他就回老家为母亲盖了新屋，保留了母亲喜欢用的土灶。父亲缪承明肺气肿住院期间，他几乎每天都打电话询问病情。

飞远的风筝总有一根老家的绳子牵着。

从1978年离开家乡，40年，竟然这么快一下子就过去了。缪昌文以一个过来人的眼光，重新打量这块带着温情的故地。很多记忆，出现在现场的细节里。

他早已越过了为数字奋斗的阶段。这是一个用创业故事不断带给人们惊喜的人，抵达高度的心得，是感恩。他感谢这个时代的馈赠，感谢同行者的支持，感谢故乡人的勉励，让他经历了一个特殊的历史时期。

他把今生交给了看不见尽头的路。

从院士的故事里，可以看到一个时代转身的背影。未来，是充满了不确定指向的未知。尚有更多惊鸿一瞥的留白，给人们无限想象的空间。

本文作者简介：

赵翼如，中国作协会员，江苏作协理事，一级作家。著有散文集《倾斜的风景》《有一种“毒药”叫成功》等，获过第五届冰心散文奖。有作品入选《中国新文学大系》和多种语文教材。

人面茶花相映红

——记中国工程院院士李德群

●姜琍敏

李德群院士

李德群简介：

李德群，1945年8月生于江苏泰县溱潼镇，材料成形加工及自动化专家，中国工程院院士，教授，博士生导师，曾任华中科技大学材料科学与工程学院院长，国务院学术委员会材料学科评议组成员。

1968年毕业于北京清华大学冶金系，1981年获华中科技大学塑性成形专业硕士学位。2015年当选为中国工程院机械与运载工程学部院士。

长期从事塑料注射过程计算机模拟和模具CAD/CAE/CAM的教学和科研工作。1986年至1987年在美国康奈尔大学从事塑料注射模CAE研究。先后承担了国家“七五”“八五”和“十五”重点攻关项目，从事塑料注射模CAD/CAE/CAM系统的研究和开发，并多次获得国家自然科学基金的资助，系统地开展了塑料注射过程计算机模拟理论和方法的研究和应用。

其成果多次获得省部级科学进步和教学成果一等奖和二等奖，塑料注射过程模拟软件2002年获国家科学进步二等奖，并被评为2002年度中国机械工业五项重大科技进展发布项目之一，商品化材料成形模拟软件获2007年度国家科学进步二等奖。

在国内外共发表论文200余篇，撰写专著8部，编写教材10本，目前的研究方向为基于知识、面向宏微观结合的塑料注射模集成系统和智能塑料注射机的研究和开发。

题记

成功的花，

人们只惊羡她现时的明艳！

然而当初她的幼儿，

浸透了奋斗的泪泉，

洒遍了牺牲的血雨。

——冰心

引子

无论在哪个地方，就白天和夜晚而言，我总偏爱那里的夜色。

不仅因为扑朔迷离的夜色，如魔法师般幻化着市容，给人以特殊的美和许多感悟。更因为，任何地方的昼与夜，总像一个人或社会的两个面一样，是区别很大的时段和氛围。夜色不仅淹没白天的喧嚣、混浊和纷乱，而且易使人想入非非，甚至也改变了人们的心情和节奏。稍稍留心，你也很容易看出，即便是同一群人在街头，夜来的衣饰、神态，乃至步幅都会与白天有所不同。所以，游历某地而不尽量领略一下此地的夜色，在我看来简直和没来一样遗憾。这也是我走南闯北时，每到一地，总要溜出来逛逛夜景的原因。

今夜有所不同。我置身于一座似城非城的科研与教学重镇——华中科技大学的校园中。据说全校师生总数有10万人之多。可想而知这校园有多大。而眼前那纵横交错、人头攒动的众多街道，也和一般城市不同：很少车马而清宁，很少店面而极多林木。不，她简直就是一座林中之城。无论大路小路，还是楼宇之间，处处间杂着写满历史沧桑的秀拔而高耸的茂密林木。树种繁多而以南京人最为亲切的法桐为最。长长短短的林荫道上，也很少令人眩目的霓虹、灯箱。而红红黄黄的温馨的路灯，像树林的眼睛，像流溢着禅意的清晖，呵护着行色匆匆的路人。是的，许多人行色匆匆，而且多为年轻而怀揣着炽热期望的学子。那个抱着笔记本电脑的小伙，是欲去图书馆占个座吗？那个背着书包的女生，是刚从教室里自习出来吗？而那几个边走边吮着冰激凌，窃窃私语的女生，她们的花裙襟在多彩的夜风中飞舞——她们是在憧憬若干年后，功成业就的那个美妙瞬间吗？虽然谁都知道，“成功”的桂冠从来只属于少而又少的佼佼者。但这并不意味着千千万万的花朵不因之而努力竞放！一切都是可能的。只要你怀揣梦想，只要你志存高远，只要你不屈不挠！只要你有幸闯入如华中科技大学这类高端学府。

我这么想不是空穴来风。因为我此时就站在华中科技大学，那最引人注目而崇敬的，此刻犹于月光掩映的枝叶间，绽放着荧荧灯彩的“院士楼”前——科技大无疑要为自己这多达 16 位的院士而骄傲。而这 16 位名满天下的院士们，想必也要为自己能萌芽于、耕耘于、成就于这所享誉海内外的科技名城而自豪！

而我，油然为自己能够拜识院士楼中的一位而荣。

约 40 年前，他就像身边这些莘莘学子一样，从这里迈开了自己勇攀人生与科技高峰的关键一步。头顶着一样的星光，身披着一样的彩霞。那些温婉多情的灯火，应该熟悉他当年那些个来来往往而重重叠叠的脚印。那些绿叶纷披的大树，应该还记得，他伴着暮鼓晨钟倚着它们苦苦默诵的外语单词；那些同辈们、后生们，应该比我更明白他的钻研、他的心血、他的发明与奉献，与他那在各种专业讲坛上的铿锵演讲中，所蕴含的意义与价值。

出乎意料的是，当我循着阵阵热烈的喝彩，寻入一所灯火通明的楼宇中时，一眼就看到了他——原来这里正在进行着一场材料学院与光电学院的乒乓球对抗赛。而身着短裤、运动服、潇洒俊逸的他，不是观众，也不是裁判，居然就是这九对九对抗赛的参赛者！而我白天采访他时，分明知道他已是73岁的老者！而此时，虽然银发飘凌，虽然还戴着眼镜，却依然身手敏捷、步伐矫健，扣杀时力大势沉，防守时步履灵活的他，在其余多为中青年的运动员中，显得那么独特而出众，又是那么地自信、从容！

正在打乒乓球的李德群院士

我后来知道，乒乓球只是他从小至今多项体育爱好中的一项。而这也不仅是他一般的爱好；如此高龄的他，早就是不断跟自己挑战的学院乒乓球队的主力成员！

是的，他就是本文的主人公李德群先生。

而令我千里迢迢，从江苏赶来拜访他的，可不是因为他的球技。他是我们江苏的骄傲,也是他的故乡,江苏泰州姜堰区和溱潼镇的骄傲。

因为,那个60多年前从溱潼镇走出来的黄口小儿,已然是华中科技大学的教授、博士生导师和中国工程院院士!

鹰击长空

我想在大地上
画满窗子
让所有习惯黑暗的眼睛
都习惯光明

——顾城

1978年新年伊始,一道在许多人听来无足轻重,但在李德群耳中却远胜洪钟大吕的消息从北京传来——教育部从1978年开始,恢复研究生招生,考试日期定在当年4月。

著名作家柳青曾经写过:“人生的路很长很长,但紧要处往往只有几步。”

李德群的“紧要处”,竟以这种方式悄然而至!

而直觉,也在时年已满33周岁的李德群怦怦乱跳的胸腔中，一遍遍地怂恿着他：抓住它！趁你还有几分青春，抓住这宝贵的机遇！敲开你实现人生价值和承担历史使命的必由之门！

但壮志虽存，情势却刻不容缓。不，完全是咄咄逼人。虽然 10 年前就毕业于清华大学，却因造化弄人而堕入红尘的李德群，此时只是湖北潜江机械厂的一名技术人员，学业荒废已久，对于迎考毫无思想或专业准备。

屈指一算，如果要报考这个研究生，他只有一个多月的复习时间！五门考试科目，平均每门功课的复习时间只有 8 天。而作为厂里技术干将的他，每天都事务缠身，上班时很难抽出时间来复习功课。

还有一层隐忧：自 1966 年从清华大学冶金系停课，到当下的 1978 年，他的专业早已荒废长达 12 年。如果报考而又不被录取，别人恐怕会讥笑自己：“清华大学毕业生，也不过如此！”

剧烈的思想斗争后，李德群长叹一声：“推迟一年吧，等来年再报考，有一年的复习时间，到时我会稳操胜券。”

有道是知子莫若父，而知夫的，也莫如妻呢！在这关键时刻，李德群的想法遭到了妻子的强烈反对。她斩钉截铁地说：“谁知道明年又有什么变化？你没有准备好，别人同样也没有准备好。”她还十分肯定地说：“我比你更了解也更相信你的能力，你今年就考，也一定会考取！”

李德群很理解，妻子如此强烈地动员他报考研究生的心情。她与李德群是同届大学生，1968年从华中工学院无线电技术专业毕业后，被分配到潜江县。先在农场劳动了一年半时间，后到县广播站当修理工，一干就是9年。她也是所学非所用，早就想远走高飞。现在机会来临，岂能轻易放过？何况旁观者清，她对丈夫的潜能和意志，从来没有怀疑过。她深知，此时的丈夫缺乏的不仅是时间，还有信心与强烈的进取心。

是吗？潜意识中本也从来不甘人后的李德群，终于咬紧了牙关：

“有你的信赖和支持，我又夫复何言？而人生能有几回搏？我豁出去了！”

可是，当李德群拿着报考研究生的介绍信，来到县招生办公室时，他连自己该报哪所大学、读哪个专业、选哪位导师等关键问题，还一头雾水。

紧急翻阅了招生宣传材料后，经过反复比较，他最后的决定是报“华中工学院”(华中科技大学前身)，它和武汉大学是当时武汉地区最好的两所大学，特别是其机械系，在全国高校中享有盛名。

专业嘛，就读“塑性加工专业”。此时的他，在冲压模具设计和制造方面，已有了不少实践；而他从小就喜欢数学，早年曾在武汉市中学生数学竞赛中拿过名次，塑性加工专业的研究生，必须要有很好的数学和力学基础。

至于选谁作导师，也许是命运再一次垂青了李德群，也许是惺惺相惜，心有灵犀一点通吧，他几乎没有犹豫就选择了肖景容教授。肖教授早在1953年就是哈尔滨工业大学苏联专家的研究生，此时已是国内知名的塑性成形领域的专家。

至于复习迎考的短短30天中的种种辛苦，谈到这时，采访中给我印象始终是风采儒雅、爽朗健谈的李德群，多次情不自禁地唏嘘：“那真是我一生中最紧张的日子！好在我始终抱定一个信念：‘天道酬勤’，只要我不甘沉沦、锐意进取，中断了12年的学业，终究有重新捡起的一天！”

“我花费了近1周的时间，借到了华中工学院的高等数学、理论力学、俄语和金属学的教科书，还找到了1977年高考的政治复习资料。我把两岁的儿子送到了武汉父母的家中，妻子揽下了全部家务活，让我全心全意准备考试。

“上班时我只能见缝插针，下班后我马不停蹄，每天复习功课到凌晨 1 点以后，连续 15 天，将五门待考的功课粗粗浏览了一遍。那一阵呵，简直就是‘不知有汉，无论魏晋’。头脑里几乎塞满了各种不同科目的概念、定义、公式和单词。深夜躺在床上，紧闭眼睛强迫自己赶快入睡，可这些杂乱无章的知识点，却还像一大群不安生的精灵一样，在头脑里嗡嗡飞旋，搅得心里天昏地暗，越发难以入睡。

“这时，全国冶金安全技术年会，在广东湛江召开，我要在会上宣读论文。在赴湛江的火车上，我一刻不停地恢复对俄语单词的记忆，开会期间，几乎每天都备考到凌晨两点，人已极度疲惫。”

这个“极度疲惫”是什么概念呢？

有一天中午，李德群开会前去厕所小便。但高速运转的大脑里，仍然像一刻不停飞旋的蜜蜂般，充塞着无数单词、定义等等。他在口袋里摸索着，想找笔把一个想法记下来，不料竟突觉一阵天旋地转，倍觉异样的疲累感翻江倒海般袭上心头。再也强忍不住的他，不由得闭了一下眼睛，却不料就此跌倒在地，什么也不知道了。

等他恢复知觉后，发现自己正躺在招待所房间的床上，医生和护士在一旁忙碌着，并反复询问他有没有病史。尽管头脑依然昏沉，浑身仍觉软弱，可是李德群努力抬手，拂去眼前那火星般一簇簇爆燃的晕眩,说:“没关系的,我身体好得很,从没有昏厥的病史。这次事故纯属偶然,我实在是太累了……”

累,本是人生的应有之义,是一切成功者必须付出的基本代价。但它是有限度的。过累,便是铁,便是钢,也会折断。这无疑更是生命所无法承受之重。但有时候,正如李德群所面临的这个特殊的考验关头,你简直只有“成则王侯败则寇”一条出路;唯有拼,唯有搏,唯有以“舍身取义”的精神去应对!

当然,从另一方面来看,此类经历对李德群的性格形成,和意志的磨炼还是有积极一面的。苦和累,挫折与磨砺,会使明白的人更明白,使坚忍的人更坚忍,也使刚强的人更刚强。但同时,坎坷就是坎坷,厄运就是厄运,我们可以承受它、蔑视它、抗争它,却决不可以美化它。

因此,李德群深有感慨地对我说:“人的体能其实是很脆弱的,有时真的会不堪一击。我不知道,如果我那次长眠不醒,谁是造成这场悲剧的罪魁祸首?”

——等你和我一样了解了他以往的经历,你会明白他的话中之意。

所以,此后他一直更加重视锻炼身体,积极投身于篮球、游泳、乒乓等许多体育运动。到现在，70 岁开外了，他除了仍不间断地参与乒乓球比赛外，还每天像小伙子一样，坚持步行万步……

从湛江回来后，离考试只有 15 天时间。时间实在太紧，每门课程只能复习 3 天，这局面想起来都会使意志不够的人心烦意乱。但李德群还是保持了必要的冷静。时间少，没法再去做书后的习题，他就试着闭卷做书本上的例题。遇到麻烦时，再重点补习相关内容，总算将书中的例题全部演算了一遍。

和以往不同的是，从小学习优异，并经历过许多考试的他，通常总是信心满满。唯独这一次，心里难免七上八下。毕竟今非昔比，机不可失、时不再来。毕竟，局面已全然不同了，那份仓促应战的有形无形的压力，没有体验过真想象不来！

考场设在县城关小学，全县应试者全部是男生，共用一个大教室。于是，监考者为方便考生中途上厕所，就在教室门口放了个撒尿用的木桶。李德群恰巧被安排坐在靠门口的座位上。考试后半段，他只觉得门口进进出出，耳边尽是哗哗啦啦的撒尿声和随风钻进鼻腔的尿臭味。他无暇提出异议，只是更深地低下头去，竭力充耳不闻，尽量不受干扰。

此真可谓1978年首届全国研究生考试中一道独特的风景线！

高等数学、金属学和政治考试，李德群发挥得尚可。只是，数学本是他的强项，其中有好几道题目应该会做，却因为复习时间太紧而没能得出令他满意的答案。

理论力学考得最不理想。后来才知道，学校用的是力学系考生的试卷，题目出得太偏，连力学系的考生，也只有寥寥数人及格。

所幸，俄语考试他凯歌高奏。考卷要求将两篇俄语短文翻译成中文，还要求将十个中文短句翻译成俄文。中译俄，一般人都望而却步。毕竟，那年头反帝、反修，谁还会去拼写什么俄语单词呢？幸运的是，李德群恰好带去了中俄简明字典。他先从中文查出所有的俄语单词，再赶紧拼凑句子。加之此前见缝插针、点滴“苦吟”的积累，他做完所有题目后，正好考试结束的铃响。

等待录取通知书的日子，漫长而又难熬。“我每一天都在体验度日如年的滋味。”

其实我们每个人都会有类似的体验。不确定性是最磨人的。尤其是曾经拼得那么狠的李德群，他所面临的又是如此紧要的关口。一方面，满怀着热切的期望，一方面又不得不反复思量着，万一失败的对策与出路。情绪、心理，对生活的种种感受，也因此而变得异常繁复，极其敏感。

给予他巨大精神支撑的，还有妻子和家的体贴、开慰。

所以，以后的漫长岁月中，他经常会想起，当时的一个黄昏，他早已回到家门口，却不知为何，久久伫立街口，对眼前那再也熟念不过的街景，仿佛第一次看见那样，产生了莫名的兴趣。

灰朦朦的暮色里，密如过江之鲫的自行车穿行如梭，大车小车烦躁地嘶鸣；行人大都绷着张淡漠的脸，匆匆步履写下纷乱的焦灼；小贩扯起嘶哑的嗓门，急欲将最后一把青菜变成纸币；小吃铺冒出的腾腾热气，更多地勾起路人急迫的想象——炉灶在等着他们开锅，孩子在盼着他们的踪影，自己的肠胃也不安地咕噜个不停。

眨眼之间，天就乌透了。街头渐次清寂。而那陈陈相因、次第燃起昏黄灯光的人家，开始变幻出一幕幕此时绝对大同小异的生之片断。一天的另一扇门打开了。

就在这一刻，李德群如梦方醒地意识到，总在忙忙碌碌、追求不已的自己，原来也有一个家。而紧张的复习、考试，繁忙的工作、事业，却总使人在不知不觉淡忘了它。清晨，一个寻常的关门动作，实际上将我们的生活形态分割成两个板块，家成了一种抽象的存在。我们天经地义地与家人告别，你去上学，我去上班。整整一个白天，我们与家与亲人，几乎就像天各一方，被近在咫尺的时空和感觉障碍隔绝着。是黄昏，才使得家这个概念，“突然”又回到我们的知觉中来。一旦意识到，回家，团聚，这心驰神往而又分外实在的愿望，便成了我们每一天中最具体、最直接、最急迫、最温暖的目标和归宿。一个人，无论他命运如何，只要有家，有亲人，有一个人生最稳靠、最温馨的“港湾”，还有种种目标、式式追求，那么，他还有什么结果不能承受呢？

终于有一天，邮递员送来华中工学院的一份邮件，里面装着的，是他朝思暮盼的复试通知书！

复试于 1978 年 5 月在华中工学院举行。李德群第一次见到久仰大名的肖景容教授，心不禁怦怦跳起来。因为肖教授个子虽然不高，操一口难懂的湖南话，浓黑的剑眉下却目光炯炯，显得十分威严。不过，短暂交谈后，李德群的心放下了，暗暗觉得他其实是和蔼可亲、坦荡真诚的。并且，他似乎对自己颇有好感呢！

复试分为笔试和面试两部分。笔试不难，偏重于知识的应用，可以从容发挥。面试以自我介绍为主，回答问题为辅。而大学毕业后，曾一度让李德群感到委屈的、学非所用的十年辛劳的经历，却在此时印证了一个简朴的真理：“祸兮福所倚，福兮祸所伏。”大学毕业他先当农工，后又在工厂获得的实践经验，恰恰给复试小组的5位教师留下了深刻印象。

面试结束前，李德群小心翼翼地试探着录取的可能性，复试小组组长避而不答，肖教授却巧妙地答曰：“研究生的课程很多，学习会很紧张，你回去后抓紧时间多学点外语和数学吧。”

“心有灵犀一点通”，李德群一听此言，心一下子飞荡起来。眼前豁然一片光亮，真仿佛黎明过后那一片灿若织锦的朝霞，照彻了紧张已久的他；眼前也陡现一条宽广无垠的康庄大道。

深埋于自己心底，那尽管多年沉沦，却从未完全泯灭的改变自身命运、造福国家和社会的宏愿，终于有了如花绽放的可能！

事实正是如此，从那关键的一跃以后，30余年来，李德群一直专心研究材料成形模拟技术，和塑料注射机智能技术及其应用，以自己的心血与智慧，引领着、协奏着中国“智能制造”科技的发展。

“人们常将可遇而不可求的事称之为缘分，我和肖教授就彼此有缘。塑性加工的专业课原来准备考‘塑性成形原理’，这门课我没学过。如果真考这门课，我不会选择塑性加工专业，自然就遇不到肖教授。是肖教授建议专业课考‘金属学’，让更多外专业的学生，能选择塑性加工的方向，这才有了以后肖教授和我情同父子的师生关系。”

诚然。偶然性终究是隐藏在必然性之中的。无论是从当时还是现在的结果来看，李德群当年投入肖教授门下的决定非常正确。这不仅就此决定了他此生的专业方向，更是他人生和命运的一个分水岭。

而考研，对于他而言，实在就是一道决定性的龙门。跳过去海阔天空；跳不过去，他的人生走向未必会太差，但结局却肯定难以逆料。

研究生毕业后，肖教授留他做了助手。华中工学院的进取精神和优良校风，肖教授的真才实学和言传身教，使他如沐春风，获益终生。从此他才如鹰展翅，一门心思地向着一个方向、一个目标去搏击长空！

鱼翔浅底

在这渺渺的河中

我们的小舟究竟归向何处？

远远的红灯啊，

请挨近一些儿吧。

——巴金

李德群祖籍江苏镇江，祖辈世代经商。高祖父李云轩在镇江丹徒经营油坊，所产食油香飘大江南北。1853 年太平军攻占镇江前，为避战乱，高祖父抛下产业，举家逃难到当时属于江苏盐城县东台镇的溱潼安家，家私及随身细软因此荡然无存。

艰难岁月中，李德群的曾祖父李贞发，年仅 15 岁，就去溱潼镇一家典当铺做学徒。多年后他升至经理，稍有积蓄便投资钱庄和粮行，获益后选购土地、开设果园、营造房屋。

曾祖父乐善好施，饥荒时常以“放粥”“放米”“赠钱”等多种方式周济贫寒，平日里则经常修桥补路，造福一方。他还担任溱潼镇商会会长多年，敬老尊贤，德高望重，以至民国时期的徐世昌总统也曾赠予他“孝德永彰”的匾额，以资鼓励。

曾祖父于 1919 年病故，享年 80 岁。出殡时沿途店铺多设“路祭”，以奠其行。

后来，李德群的祖父李桂冬和伯祖父李卫泉合伙经营了钱庄和粮行，代客买卖粮食和棉花。祖父擅长经商理财，伯祖父秀才出身，处理地方事宜得心应手，兄弟俩相得益彰。

祖父在李德群父亲9岁时不幸病故，年仅36岁。所经营的钱庄和粮行悉数交给了伯祖父掌管。李德群父亲小学毕业后，尽管中考成绩优秀，被泰县县立中学录取，却被伯祖父送到当地一家小钱庄做学徒，谓之“子承父业”。

少年丧父、中途辍学的父亲，从此一辈子郁郁不得志。学徒期满后，靠着在伯祖父的钱庄里当会计养家糊口，一直到1949年钱庄倒闭。

他的伯祖父在特殊时期，曾全力支持共产党，和新四军过从甚密。关键时刻还带头出钱出粮，是远近闻名的开明绅士。

李德群至今记得，当年新四军在休整时，经常驻扎在他们的李家大院里，和善可亲，秋毫无犯。他们开饭时，还常留小孩一起用餐，幼小的李德群就是战士们的常客。他清楚记得，官兵们一律都用搪瓷杯添饭盛菜，炊烟袅袅，饭菜飘香，空气里弥漫着浓郁的军民鱼水情。

1951年夏天，李德群的父亲托人在武汉找到一份工作，和母亲带上祖母、两位姐姐和李德群，草草收拾了几件行李，从镇江登上“江新”轮逆流而上，抵达号称“九省通衢”的武汉，寻求新的生路。

李德群给我看过一张他幼年时的照片，照片上那个漂亮的小男孩面目清秀，却双唇紧闭，毫无笑意。眉目间分明有着过早袭入其人生的迷茫和忧戚。而这份迷茫、忧戚甚至愤懑，从此像影子一样在其人生的华年，纠缠乃至噬咬了他半辈子！

初到武汉的几年，李家处境并未有起色。父亲在湖北省航运局当了个小职员，微薄的收入却难以维持六口之家，经常要寅吃卯粮。为了补贴家用，母亲通过自学和培训，在一家油漆商店担任了出纳工作，但在那时的历史背景下，全家的生计仍然困窘。好在那平静如水的日子里，仍有一丝丝温馨的记忆，流淌在李德群心中，那就是“家”的意味。

也许，“家”这个近乎神圣的概念及其内涵，就在那时候深深植入了李德群的心间。使他早早就体悟到，真正的家，几乎与空间和财富等等因素无关。有时反倒是豪门恩怨多，寒宅有温情。亲情才是家的支柱，爱的多寡才是家之美满与否的尺度。所以，李德群最庆幸的就是，虽然此生有过种种坎坷、波折甚至寒酸，他却始终有着一个温馨的家。比如并不如意的当年，他记忆中最亲切的片断就是：有时晚饭后，全家人围坐在小屋的灯光下，祖母闭目养神，父亲翻阅报刊，母亲缝补衣裳，大姐用心读书，小姐和他则练习涂鸦，真可谓是

“斯是陋室，惟吾德馨”矣！

光阴似箭，日月如梭。转眼间，内心始终蠢动着强烈的“翻身”欲望的李德群，刻苦读完小学和初中，一举考取武汉一中高中部。这是当时武汉三所最好的中学之一，优秀的师资条件和良好的学习氛围，使他的学习成绩突飞猛进。在同学和亲友的赞羡声中，意气风发地踏上了全国顶尖学府：清华大学！

然而，李德群却并没有品尝到多少志得意满的滋味。他心中仍然沉沉地坠着块巨大的石头。因为，高二年级时，班主任要他帮忙抄写学生成绩单时，他无意中在学生情况手册里，发现了关于自己的一页，上面竟赫然写着：“该生祖父系工商业兼地主，其叔父在解放前逃往台湾。”密级为“一般”。

这种评价，在今人可能会一笑置之，甚至还是某种令人羡慕的优势。可在那政治至上的当时，即使弱智者也会明白，这对一个人的前途意味着什么！

从此，“工商业兼地主的祖父”和“海外关系”，就像悬在李德群头上的达摩克利斯之剑，搅得他心神不定。虽然他也时常感到不平：早在 1924 年，祖父就已故去，凭什么现在还要查究祖宗三代？

但现实是不以人的意志或情感为转移的。成分问题对他最直接的影响就是高考填志愿时，李德群第一志愿填的是清华大学无线电系，班主任却让他改报冶金系。李德群从他的语气里分明听出，他说的所谓“最好”，其实就是“必须”！他别无选择。

但他还算是幸运的，虽然只能就读非机密专业，毕竟考取了清华大学，长期的压抑与自卑之中，多少添了一份自豪。而高中邻班的一位成绩优秀的同学，只因他父亲在 1949 年后被打压，属于“不宜录取”，所以尽管他高考成绩很好，仍名落孙山。那位同学在得知落榜后，禁不住在阴沉沉的教室一隅，号啕大哭。那绝望凄楚的哭声，透过墙壁传到本班，许多出身好的同学，因为自己的优越而得意甚至幸灾乐祸，李德群却几乎连大气也不敢出，情不自禁地有“兔死狐悲”之感。

他越发担心，自己今后还会有难以回避的种种麻烦。却没想到麻烦真的很快降临。那就是，“史无前例”的年代开始了。幸好，从 1963 年进校后，李德群还是学习了 3 年扎实的基础课，使他获益匪浅，受用终身。

首先受累的是李德群的父亲。他被湖北省航运局打成“漏网的工商业兼地主”！专案组派人到他老家，取得一些所谓的“铁证”。一向胆小怕事，又在如此高压下的父亲，不得不含冤签字画押，被逼承认自己是“金融资本家”。不分昼夜地经受着肉体和精神的双重折磨。

而李德群也因清华园内造反的两派学生严重对立，进而演变为武斗，大多数学生被迫离校，他也只好回到武汉家中。

此时的武汉和家中，同样阴云密布。比如李德群高中好友的父亲，长江航运局的总船长，就因被诬陷为特务，忍无可忍，愤然悬梁。而他自己的父母，一度也想去跳长江大桥，多亏家人的不断劝阻，才避免又一场家庭悲剧。

但是，毕业分配方案下达时，李德群被分配到宁夏灵武农场务农！这是班上最差的方案。享受他这种待遇的，据说都是学生中的牛鬼蛇神，名曰"分配"，实质是"发配"。

灰蒙蒙的阴云下，黄叶飘零，孤雁在高空凄唳不已。李德群则和同来宁夏的几位清华校友，在银川的黄河渡口，互道珍重，挥手告别。河水滔滔，世事茫茫，当年"风萧萧兮易水寒"的预感终成现实。

然而，李德群骨子里的不屈的人格，又一次挽救了他。他在心里宽慰着自己，意大利的伟大诗人但丁说："我不下地狱，谁下地狱？那么，我不去宁夏，谁去宁夏？"

宁夏乡村当然不是地狱。虽然种种磨难可想而知，但冰解雪释之后，李德群仍然笑着对我说："风雨岁月如同塞翁失马，是祸是福，只有天知道。但是我坚信，苦难中只要你自己不愿倒下，那么，苦难往往真就是一笔宝贵的财富。”

没错。是金子总会闪光。在宁夏的5年，李德群在克服了最初的消沉与不适后，扬己所长，为灵武农场的机械化竭尽全力，做出了许多切实的贡献。如他克服重重困难，主持试制成功的“联合冲剪机”等，都赢得了农场和机修厂的尊重和赞赏。而到1973年12月，他又几经周折，终于得以调到妻子所在的湖北潜江县工作，使天各一方多年的夫妻，得以团聚；使漂泊无依的自己，终于有了可心的家。更令他欣慰的是，由于坚持不懈地多方申诉，有关部门组成调查组调查复核后，终于将李德群的家庭出身，改成了“店员”！

风吹草低见“牛羊”

敕勒川，阴山下，
天似穹庐，笼盖四野。
天苍苍，野茫茫，
风吹草低见牛羊。

——北朝民歌《敕勒歌》

虽然我知道，李德群的发配之地宁夏灵武，并非“敕勒川”。但一听到“宁夏”“灵武”等字眼，我心中油然浮起的，首先就是这歌词大气磅礴，又粗犷雄放，有着极大艺术感染力的千古名句。毕竟，宁夏也是西北，那“天苍苍、野茫茫”的意境，和彼时的宁夏，和后来的潜江，和李德群那十年的遭际和祈望，在精神气韵上有着很多的相通。

而伴随着苍茫大地和“牛羊”的，还有一只给我留下深刻印象的“虎”。

虎啸

对，就是这只李德群得以离开灵武时，亲手临摹的形态上相当生动、内心里则“猛志固常在”的猛虎。

无疑，一笔一划、含情蕴虑、精心描绘的这只猛虎，并非游戏之作。这是李德群的心声，也是他的自况和期许。其中既有跃上葱茏的自豪与欣慰，也有许多“虎落平阳遭犬欺”的悲愤与不平。

他说：“当时，回想4年多来，在灵武农场乃至读大学前后的种种感喟，我真想找一个僻静之处，大吼数声，将满怀的酸甜苦辣，全部吐出来！这只虎，这幅画，多年来一直伴随着我，激励着我勇往直前!”

至于李德群为什么想“吼”，只看一例，我们就能悟出几分了。灵武农场修理厂，有十几位从银川技校分来的中专生。其中有一位徐姓的学生，特别爱读书，便和李德群走得较近。而他却喜欢谈论政治，研究马列主义理论。可是突然有一天，一群警察涌入厂里，将小徐抓走。只因他参加了一个“读书会”，而他是其中的骨干成员。

这也罢了，更没想到“城门失火，殃及池鱼”。此后也不断有专案组的人员，来找李德群谈话。最后一次约谈尤其令人气愤，他们恶狠狠地斥问李德群：“要你写揭发反革命分子徐某的材料，你为啥不写？”

“我不知道他的情况，所以没什么可揭发的。”

“你知道包庇反革命分子的后果吗？而你不揭发徐某，他都揭发你了，知道吗？”

“你们既然知道，还问我干什么？”

“这是给你最后的机会！”

李德群冷冷地站起来要走。那人只好拿出纸笔说：“既然这样，你就写‘我没有什么好揭发的’。”

“如果你让全厂的人都这样写，我就写！”

“嗬，你有种啊？”

“我当然有种！”李德群抛下一言，拂袖而去。

结果，小徐的案件在银川公判。13 名大中专学生被判刑，为首的 3 名大学生被枪决，1 名中学生自杀，还有 1 名大学生在狱中死亡。小徐则被判了 15 年徒刑。

从小徐入狱后，李德群的日子就变得越发艰难。冷言冷语不绝于耳，农场还剥夺了他听取中央文件和政治学习的权利。

尤为屈辱的是 1971 年 11 月的一天，总场召开全体大会，大家刚刚入场坐定，不料主席台上突然震响一个霹雳：“李德群，出去！”

全场人的目光，齐刷刷地朝向了李德群。随即，他便在这众目睽睽之下，被民兵押回宿舍……

这无疑是一个严厉的威慑，更是一种刻意的羞辱！这对于一个血气方刚的年轻人，对于一个从来没有过“异端思想”，却始终怀着强烈的上进之心、报国之愿的名牌大学毕业生的精神与人格，是一种怎样的污辱，怎样的冤屈，怎样的欺凌与摧残？

——所幸，虎落平阳，终究还是虎。而离开灵武的那一声长啸，仅仅是他抖擞身心，发出的第一声长嘶。未来，他将不断向着心中既定的高峰，纵情登攀！

当然，这是后话。眼下，李德群必须以更大的耐力与意志，蹚过潜江机械厂这又一个长达5年的岁月。

潜江县曾是古云梦泽的一角，境内湖泊星罗棋布，河网纵横交织，林木葱郁茂盛，素有“水乡园林”的美称。

水乡园林的工业基础却相当薄弱。潜江县机械厂是当时潜江最大的企业，员工才200多名，以生产滚筒式脱粒机为主。这小小机械厂却聚集有30多位大学生，绝大部分都是1966到1970级“老五届”本科毕业生。但在那个知识贬值的年代，他们大多学非所用。所以在宁夏已经从事3年技术工作的李德群，也只好再从工人做起，到后方车间工装班当了一名钳工。这也与他在清华大学的所学并不相干。但是要当好这钳工也绝非易事。李德群并不服输，他虚心向工人学习，勤学苦练，很快赢得了大家的好评和信任。

和在宁夏时一样，他不愿像当时一些看不到前景和出路的人那样，不思进取，甚至经常聚在一起吹牛闲聊、打扑克下象棋。他想尽可能发挥自己的才能，做些实在的事情，帮助企业有所发展，证明自己的价值与人生意义。

采访中我一直有一个印象，即李德群所言，总是朴实无华，很少“高大上”的言辞。而他“证明自己”的想法，尤让我有感。因为曾几何时，我们似乎更习惯于另一种说法。如一个运动员，经过拼搏夺得桂冠，他通常会说是“为祖国，为某某”，或者“感谢教练，感谢某某”，就是不言自己。而那些“为”，其实是不言自明的。一个中国人，你致力于证明自己，同时也必然证明了祖国的荣誉，证明了你所要证明的一切，反之则什么也证明不了。为什么我们要对这个“自己”讳莫如深呢？

实际上，任何人来到人间，哪个不想“为某某”，哪个不欲“证明自己”呢？农家以金黄的谷粒和满掌的厚茧证明自己，将军以肩上的军阶和累累的伤痕证明自己，作家以等身的著作和早生的华发证明自己，商人以丰厚的利润和“轻别离”证明自己。所以我总觉得，一个人除非他乐意虚掷年华，苟且人生，否则以合乎人性和社会正义的方式来证明自己，终究是一种合理而无须讳言的善愿。

但是,就当时的李德群而言,他具体该怎么做呢?

从厂里最薄弱的生产环节做起。

滚筒式脱粒机是厂里的主要产品,大多数零件都是钣金件,主要依靠冲压模具成形。原有的模具效率低、水平差,加之管理混乱,一直是阻碍脱粒机优质高产的瓶颈。

尽管当时他对冲压模具并不熟悉,但还是决定拿厂里最落后的模具开刀,打响自己在潜江县机械厂技术革新的第一仗。

他请负责技术的薛厂长到脱粒机装配现场,亲身体验工人们边装配边敲打的无奈。他对薛厂长说,敲敲打打是因为零件的互换性不好,根源是工模夹具的水平低,零件成形时尺寸不稳定。

"你能使零件尺寸稳定吗?"薛厂长对他尚有疑虑。

"能!"

其实,当时李德群尽管一口咬定"能",面对的还是一块陌生的领地。但直觉和自信告诉他,"敢冒风险,迎难而上",是科研工作者所必备的素质和胆量。

薛厂长被他的执着打动,同意对模具进行全面改造。他儿子小薛,当时是工农兵大学生,毕业后回到厂里,薛厂长让他做了李德群的助手。小薛工作负责,对人诚恳,学习刻苦,和李德群志趣相投。

李德群又去拜见负责人事的孙厂长,要求抽调人员,组成模具技术革新的专班,同时去上海考察和学习。得到了孙厂长的认可。

1974 年 7 月,考察组一行六人由孙厂长带队,到达上海星火模具厂和上海钢模厂,这是当时全国本行业最负盛名的两家模具工厂。

除详细考察模具制造过程外,上海星火模具厂技术科的同仁,还让他们阅读了不少该厂的典型模具设计图,手把手地扶持着李德群,带他步入了模具设计的殿堂。他们还告诉他,自行车中轴上的两个台阶,就是采用一次成形镦出来的。他立即找到那家工厂,目睹了在普通冲床上采用双斜楔滑块机构,成形自行车中轴双台阶的全过程。毕竟素质和学养与众不同,李德群一看之下,茅塞顿开,用于滚筒钉齿双台阶侧镦成形的技术方案,很快在他脑海里形成。

从上海回来后,孙厂长抽调了 4 名大学生,成立了工装设备组,由李德群担任组长,正式开始了新型模具的开发工作。他们用 1 年多时间,实现了全厂冲压模具的标准化和系列化,增设了模具备件库,建立了模具技术档案,开发了几十套新型模具，使潜江县机械厂的模具水平，跃上了一个新台阶。

从此，他和模具技术结下了不解之缘，再加上得以进入华中工学院深造，从此“振兴模具工业，提升我国模具行业的科技水平”，成为了李德群毕生的追求。

1976 年初，李德群开始将工作重心转向关键设备的技术改造和新产品的开发上。

他主持了圆剪下料机的开发工作，通过一对圆盘形剪刀的旋转，可以将 1 毫米到 5 毫米厚的钢板，剪切成任意的曲线形状。

他又完成了新产品“自走式联合收割机”履带板模具的试制。这台收割机经过了多次田间试验，性能不断改进，成功在即。可惜，这个项目最后因种种原因没能坚持下去，令人扼腕。

李德群还负责了荆州地区化肥设备会战项目“罗茨鼓风机”的试制。这个项目的难点是加工一对能够在运动中保持啮合的叶形转子。他将普通刨床改造成为加工叶形转子的专用设备，成功试制出了罗茨鼓风机。

转眼之间，李德群在潜江机械厂已经工作了近 3 年，虽然颇有斩获，却总觉得没有一个明确的专业方向，有劲使不上。好在“十年动乱”后百废待兴，各地都急需技术人才，于是他有了调回武汉的想法。那儿有他年迈多病的父母，有他青少年时代的美好回忆，也有着“欲穷千里目，更上一层楼”所必不可少的那层“楼”。

因为设备改造和技术革新的需要，他经常出差去武汉，有机会时，他便开始尝试着“推销”自己。结果却是接二连三地碰壁。

原因嘛，且看他与武汉某高校人事处面谈的经历，便可大致窥见。

“你在学校里都学了些什么专业课？”他们开门见山。

“我没学过专业课，但我学完了所有的基础课。”李德群如实回答。

“你有在钢铁厂工作的经历吗？”

“没有，我只去过农场和农机厂。但我设计过冲剪机、圆剪机、冲压模具……”李德群还想谈谈自己对压力加工的认识，可是话还没讲完，就被打断了：“轧钢和冲剪是两个完全不同的概念……”

“轧钢的专业知识我会很快掌握的。”李德群像小学生一样保证。但对方没有理会，东扯西拉了一会儿家常后，要他回去等候消息。

最后的答复是“专业不对口”，李德群再次被拒之门外。

不过，他在去武汉冶金安全技术研究所求职时，机遇降临了。

研究所的考察方式很独特，要他在潜江县机械厂帮他们试制一台“脉冲式布袋除尘器”，因为他们刚完成了结构设计，还没有找到试制的工厂。李德群知道这不是容易的事情，但凭着已有的实践经验和强烈的求胜心，他还是果断地应承了下来。

只是，研究所设计的图纸，偏重于原理的实现和总体的结构，对零部件的细节，特别是对制造工艺的合理性，考虑比较少。李德群并不泄气。他花费了一个月的时间，对原图进行了修改和完善。其业务水平和工作效率，令研究所领导们刮目相看，“面试”合格。除尘器的试制工作还未开始，他们就通过省人事部门，给潜江方面发去了商调函。

而李德群刚刚庆幸天下也有不以衣帽取人的单位时，早已看到李德群作用的潜江县机械厂，却不愿放他离去。调动的事情就这样搁置下来。

沮丧之余，对挫折和磨砺早已习惯的李德群，决心集中精力投入到除尘器的试制工作中去，用成绩证明自己。

除尘器的难点之一，是脉冲气体的时间顺序控制和自动调整。华中工学院船舶电器专业毕业的学友老罗，帮他设计了一套检测和调整脉冲时间、气量的数控仪器，在关键时刻助了他一臂之力。

第一台样机终于试制成功。经检测，各项技术指标均达到设计要求。武汉钢铁公司立马拍板，定购 20 台脉冲式布袋除尘器。

当时，每台除尘器定价为 6 万元，实际成本只需 2 万元。制作 20 台除尘器，意味着能够净赚 80 万。这在 20 世纪 70 年代来讲可不是一笔小数字，相当于制造 800 台脱粒机所产生的总利润。

20 台除尘器交付使用后，效果很好，潜江县机械厂在环保领域声名鹊起。李德群在全国冶金安全技术年会上，宣读了有关除尘器制作工艺的论文后，钢铁厂、粉末冶金厂、耐火材料厂和水泥厂的订单如雪片飞来。后来，潜江县机械厂索性改名为"湖北环保设备厂"，专业生产除尘器械……

"心事浩渺连广宇，于无声处听惊雷。"

李德群的心事正是这样滚雪球一般，越发浩渺，越发深广。心底总有一阵又一阵隐隐的"惊雷"，声声催唤着不甘平庸、不肯"小富即安"的他。他盼望着像自己手绘的那只出山虎一样，仰天长啸，不断腾跃！他日夜努力，越发专心技术改造工作和科技知识的积累。但他的心和眼睛，从不停止关注那“诗和远方”；总是像徘徊在低谷的猛虎一般，仰望着更高、更峻的山巅，跃跃欲试！

“机会，总是垂青有准备的人。”说得也有这个意思在吧？

只有这样，当考研这样决定性却又几乎是稍纵即逝的机遇猝然降临之际，他才能“以青春和骄傲”奋勇一搏，毕其人生之功于一役！

腾跃：从“华中”，到康奈尔

我脑子里的意绪像一窝受惊蜜蜂似的蠕动起来，我的思想像刀，越来越敏锐。噢，这是多么快乐呀！最近一个时期我懒洋洋地保存在脑子里的，想都不敢想的东西，忽然如此宏伟地展现在我的眼前，使我全身都感到一种甜蜜的战栗。于是我忘掉了一切，突然进入我久违的那个世界……

——果戈理

华中工学院（现华中科技大学）始建于 1952 年，当年即是中南地区最大最强的工科院校。学校背靠武汉最高峰喻家山，毗邻景色秀丽的东湖风景区，校园内绿草如茵、树木参天、整洁宁静，是科研、治学的好地方。

前北大校长蔡元培曾经有言：“大学者，研究高深学问者也”。

显然，对于荒废学业达12年之久的李德群来说，从此能够在如此优雅的环境里专心治学，一心登攀，心中的激动和喜悦自不待言。

然而，欣慰和喜悦只是暂时的，33岁的大龄学生，深知这断弦再续又谈何容易。他们这首届研究生在数学、力学和计算机方面，面临着繁重的课程压力，光是数学，他们在一年半内就得选修5门。

不过，李德群对自己的学习能力和方法，还是有独到心得，也是有信心的。比如，每次课后，他并不急于马上做题，而是注意于对所学内容的归纳和总结。遇到较难的章节，则下功夫多看参考书，特别是参阅理科的同类课本。当对某一定理有了深刻领会后，再回头阅读工科书籍，便常会有一种居高临下的感觉。

而对于习题，他也不满足于单一的解法。经常与同窗好友对解题方法进行研讨，举一反三，探其究竟。除教师布置的作业外，每一学习阶段后，他总要精选出一部分难题，来检查自己的理解程度。所以他很快掌握了学习的主动权，数学分析和运用能力迅速提高，各门数学课程都学习得十分顺利。基础打得坚实，数学的重要性在日后的科研工作中被充分体现出来，获益匪浅。

外语，也是横亘在大龄研究生面前的拦路虎。

李德群在大学里学的是俄语。按照教学计划，通过俄语考试入学的研究生，第一学期仍继续学习俄语。期末通过统考后，学校在第二学期为他们俄语班的研究生，开设以“扫盲”为目标的英语慢班。

研究生复试后，李德群便开始了英语自学。经过两个多月的努力，入学时他已能借助字典，阅读简单的英语科技文章。因此，他觉得慢班的成绩对自己毫无意义，想要将失去的时间再夺回来，途径只有一条：扬蹄奋发，多下功夫多吃苦，从英语慢班转到快班去！

他的愿望得到老师的理解，如愿转到了快班。但英语快班的同学，大多数从中学就开始学习英语，基础好，而且他们入学后已经学了一个学期的英语，课堂气氛也十分活跃。所以，全班只有李德群全然不知老师所云，开始的几次课堂测验，他都没能及格。但生性倔强的他，并未灰心丧气，而是重新调整学习时间，尽可能多地挤出时间突击英语。每堂课前，他都做好充分的预习，课中再录下老师的英文讲授，课后逐句反复体会，直到听懂为止。

不料，一项突如其来的任务使他的时间和精力都有了雪上加霜之感。

他的导师肖景容教授，要他翻译一本 24 万字的俄文专著《热体积模锻的最优化和自动化原理》。他知道，肖教授想率先在国内开展模具最优化和自动化的研究；他想让李德群先探下路，看能否开辟一个新的研究方向。而李德群也很乐意钻研这部反映当时苏联压力加工领域最新成就的著作。

问题是，他的英语学习正处于关键时刻，难以做到鱼和熊掌兼得。他曾想过舍弃英语快班而专心俄文翻译。但从来不曾打过退堂鼓的他，深知面对困难，不仅需要有不畏艰辛、勇往直前的精神，还需要有扬长补短、以勤补拙的韧劲。他仔细计算了一下，俄文专著共有两百页，如果每天翻译两页，三个半月便可完成，正好在暑假中将译稿交给肖教授审阅。

英语快班的学习仍要坚持，这每天两页的俄文翻译，只能放在业余时间来完成。那一段时间，他几乎放弃了休息，放弃了娱乐，放弃了体育锻炼，为的就是要把这鱼和熊掌兼揽入怀！

“文章千古事，甘苦寸心知”，由此而来的那份艰难，那份困苦，真是不足与外人道也！尤其是俄语和英语在头脑里共存时，那份矛盾，那份纷扰，多少次让他食不甘味、夜不能寐！

多年后他面对我时，才有了轻松的一笑：“刚进校时，我经常看到有人边走路边读外语，甚至还有人边走路边演算数学题，走走停停写写，再走再停再写。我很诧异：怎么会有这样的书呆子！后来我才发现，自己也不得不成为这样的书呆子。”

可这样的“书呆子”，说起来容易，做起来也不是好当的！

那时，他3岁的儿子也来到武汉，周一到周六，由他父母照看，周日他回家换换手。周末从武昌去汉口，得花费两个小时。那时的公交车拥挤不堪，大部分时间他就靠在车厢一隅看书，引来周边一片诧异的目光。

其实别人的目光如何，并不是太扰乱心思的事情。那公交车压根儿就不是个阅读或思考的地方。嘈杂的环境，污浊的空气，乱哄哄的人头，和各种议论甚至争吵，还有拥挤时车子的颠荡，被人挤得没法安稳站立等因素，都迫使他加倍地拿出注意力来。有时还要强忍住缺氧的晕眩甚至恶心，才能稍稍集中思维多记几个单词。尽管如此，他还是分外珍惜这路上来回的4个小时，再加上周日陪儿子时见缝插针，他便能把下一周要翻译的14页俄语书籍通读一遍。

英语学习上，他则化整为零，生疏的单词做成小卡片随身携带，有空就学；英语课文尽可能记忆在脑海里，抽空就背，做到“曲不离口，拳不离手”。1年内，他的英语单词量就扩大到8000左右，基本解决了读和写的问题。

第二年学校英语快班统考，李德群笔试优秀、口试优良，综合成绩在英语快班位于前列。

而到研究生毕业后，他的俄文译著，也于1983年由国防工业出版社出版。

值得大书特书的是，李德群所选择的专业方向，分明如一条艰难却直达金顶的幽径，从此奠定了他有朝一日摘取王冠的基础。为此他分外感念肖景容教授的指导。肖教授以他渊博的知识和敏锐的目光，早在20世纪70年代初，就意识到计算机辅助设计（CAD）是今后的发展方向。肖教授选择了李德群探索模具CAD的途径。而就专业教学和科研而言，一开始找准方向是关键。所以李德群一直深感幸运的正是导师的高瞻远瞩和循循善诱，让他走上了研究的快车道。他从此步入并日益坚定了塑料注射成形模拟和模具CAD/CAE/CAM的科研之路。

20世纪80年代，由于我国制造技术不过关，又缺乏具有自主知识产权的工具软件,大量的成形模具需要依靠进口。因而模具CAD的研究,在国内还是未开垦的处女地。但国际上的研究者,当时也是凤毛麟角。加上学校的计算机条件很差,开辟新研究方向的任务,远比想象中艰巨。为此,肖教授特地为李德群安排了一套板料成形试验装置的研究,作为后备。

李德群对肖教授表示感谢,但一旦选定奋斗的方向,他就一往情深。所以他坚定地对肖教授说:"不要为我留后备,也不必先讨论试验装置,我有破釜沉舟的决心。"

肖教授露出欣慰的笑容,他期待的就是这句话。

当时研究的主要难题,是如何利用计算机描述锻件的几何形状。而在国内既无图形显示终端,又无基本图形软件。而且,那时全校仅有1台计算机可供教研使用,每周李德群只有3小时的上机时间。他只好用笔和纸模拟计算机,逐行执行他编写的程序。有时为了一个小小的算例,就得用去厚厚的一叠草稿纸,花费一整天时间。

李德群还通过各种途径,阅读了许多有关CAD的英文文献,深感美国同行在计算机技术和图形处理方面,有着明显的优势。所以凡需要详读的英文文献,他都将它们翻译成中文,抽空反复体会。

对文献中的数学公式，他也尽可能重新推导一遍。这项工作费尽了他的脑汁，有时为了某一步推导，常常要废寝忘食。但是，对于勇于也乐于付出者，辛苦与甘甜总是相伴的。每当一个百思不得其解的问题在顷刻间豁然开朗时，那种“众里寻他千百度，蓦然回首，那人却在灯火阑珊处”的感受，却又让他欢呼雀跃！

这份美妙的感受，正是上苍对勤勉刻苦者的特别奖赏吧。

就这样，前后只用了近 3 个月的时间，李德群就编制成功热体积模锻毛坯自动化设计程序，完成了模锻工艺过程的最优化设计，在国内首次实现了模锻工艺过程的自动化设计！

1982 年第 3 期《锻压技术》发表了李德群的研究成果。而此一举，填补了我国在热体积模锻毛坯自动化设计程序领域的空白！

毕业后，李德群留校做了肖教授的助手，专攻模具 CAD 的研究方向。

肖教授争取到电子工业部的科研课题，开发板料精密冲裁模具 CAD 系统。李德群采用他从俄文著作中学来的编码法，来描述精冲件的形状，突破了缺乏图形输入设备的瓶颈，为顺利开发板料精密冲裁模 CAD 系统提供了必要条件。

尽管他参加的这项研究，因填补国内空白，获得了教育部科技进步一等奖；但与美国同行相比，李德群清醒地认识到，他们的研究仍有着很大差距。为赶超国际先进水平，他的目光自然而然地投向了大洋彼岸，投向了美国康奈尔大学。

他在阅读英文文献时，获悉康奈尔大学有一位王教授（王国金，K.K.Wang），他所领导的塑料注射成形模拟研究，处于世界领先水平。而塑料注射成形技术在我国发展很快，对于日新月异的制造业效益提升，有着特别重要的现实意义。李德群建议，要尽快在国内开展这项技术的研究，最好将国际著名学者王教授请来国内讲学。

肖教授通过他在美国福特汽车公司的朋友，和王教授取得了联系。王教授接受了肖教授的邀请，于 1985 年 7 月来到华中工学院讲学 3 周。

机不可失，时不再来。李德群深知，这是自己学习先进科技前沿技术，甚至是争取去美国深造的绝好机会，一定要把握住！

王教授讲学期间，他抓紧一切机会虚心向王教授请教。他认为，能与世界级大师朝夕相处，切磋学问，谈古论今，本身就是前世修来的福分。

而王教授和他都是江苏人。王教授出身于江苏武进的名门望族,兄弟姐妹中也有留在中国的,在“文革”中遭受了不少磨难,每当涉及这类话题,他们都有许多共同的感受,也都有努力促进当今中国科技进步及发展的共同心愿。

而王教授对眼前这个热爱注塑事业又勤奋好学,且对国内国际专业领域的动态和前沿课题十分了解的后生,也有了深刻的印象。

李德群还利用休息日陪王教授和夫人游览武汉的名胜古迹。终于,在王教授临走前的一个周日,他们一起游览学校附近的东湖风景区时,王教授忽然意味深长地对李德群说了这样一句话:“我们康奈尔大学附近,也有个手指湖,和东湖一样,一眼望不到边。你以后会有机会去体验的!”

“踏破铁鞋无觅处,得来全不费功夫”,李德群曾对我谦逊地说过,他觉得自己很幸运,总能在关键时刻获得贵人相助或宝贵机遇。我以为然,但同时也很明白,他的幸运和机遇都不是偶然的,所谓“天助自助者”是也。“得来全不费功夫”,只是表象。对于任何成功者而言,真正决定性的因素恰恰在于那难能可贵、苦苦探求、一日不懈付出的“踏破铁鞋”的努力中。

1986年6月,李德群如愿以访问学者身份赴美国康奈尔大学,加入了王国金教授(K. K.Wang)主持的塑料注射成形研究团队CIMP。当年那个仰望着星空和高原、时时在低吟长啸的"卧虎",于今又一次腾空而起,稳稳地落定于人生与科研的另一处不可或缺的高岗!

康奈尔大学是一所位于美国纽约伊萨卡的世界顶级研究型大学,是著名的常春藤联盟成员。截至2017年,共有56位康奈尔大学的校友或教研人员荣获诺贝尔奖。获奖人数在全球高校中列第12位,居全美第10位。

而CIMP专注于塑料注射成形模拟技术的研究,享有很高的国际声誉。王教授还是美国国家工程院院士,本领域公认的学术权威。

那么,何为"模拟"? 何为"注塑"? 它们的意义和价值何在?

我意识到,对于读者的理解,该适当科普一下这个问题了。

于是,我首先向李德群请教了"注塑"的问题。

李德群说:这要从塑料的作用与意义说起。实际上,每个人稍稍留心,就会发现,对于当今世界,塑料及其成形的器具等,已是个人或社会不可或缺、随时必备之物。是全世界从生活日用领域到一切工业、机械、装备乃至高端科技领域（如航空航天、军事装备、智能制造等）的必需品。而对于我们这个制造业大国来说，目前对塑料的使用，已达每年人均几十公斤。这么大的需求量，要把它做成各种各样的零部件，效率与质量的要求十分重要。那么，如何使塑料更好、更快、更精地成形，便成为了决定因素。

当今先进的塑料制品成形方法，最主要的就是注塑成形。即将塑料注射到各式各样的模具中，去完成所需的几乎无所不包的、奇形异状的制品。注塑的优点，就在于能够大批量的生产，因而效率和质量都超高。所以小到手机，如旋转摄像头内的齿轮箱，只有芝麻大；光学透镜，精度和光学性能都极其讲究，也都需要注塑成形。而大到战斗机的透明舱罩，它的承压和透光要求极其苛刻，生产它也只能通过注塑成形的方法。显然，谁掌握了精确、快速、高超的塑料成形工艺和方法，谁就能走在行业的前列，并大大促进制造效率和应用范围……

"那么，'模拟'又是怎么一回事呢？"

李德群又深入浅出地解释道："通俗地讲，'模拟'就是未卜先知。就是在制品成形前，通过模拟软件，能够预见它在成形过程中的状况，给制品设计、模具设计和工艺优化提供及时的指导。

“有人会问，这是否有点像瞎子算命？没错。模拟就是给工业制品‘算命’。但决不是凭空捏造、信口开河，而是依靠数学模型，具有科学依据。

“故所谓数学模型，是能够描述客观事物特征，及其内在联系的一组数学方程式。而描述塑料熔体在模具型腔里成形的数学方程式，又十分复杂，无法获得精确解，只能采用近似的方法，比如采用工程界所熟知的有限元法求解。

“有限元法，将制品划分为若干个网格单元，只要网格足够小，就可假定，网格内制品的变形和应力都很简单，易于计算。进而将所有的网格集成起来，便可以求解整个制品的成形。

“塑料制品绝大多数都是薄壁，成形时在厚度方向上温度变化很大。为保证计算精度，网格的层数必须划分得很细，比如在 2 毫米厚、1 平方米的制品上，划分 10 层网格，网格总数竟达 2.5 亿。”

据我的了解，直到 20 世纪 80 年代，普通电脑能计算的网格数仅为几十万左右。由此可见，将成形模拟技术成功应用到工程中，在当时还只是一个美好的梦想。

但康奈尔大学王教授的研究团队将这一梦想变成了现

实，在塑料注射成形模拟技术上，取得了两项杰出的成就。

首先是数学模型的建立。王教授的助手 Hieber 博士，基于制品的薄壁特征，假定压力在厚度方向变化不大，推导出一组易于求解的方程式，将原本三维的问题简化为二点五维。

其次是将有限元法和有限差分法巧妙结合，求解时不需要划分三维网格，只需要在制品的中面上划分二维网格。

基于中面模型的成形模拟软件，能以动画的形式，展现塑料熔体在模具型腔里的流动，以及温度、压力的动态变化。由于算法简化，软件能在微机上运行，可应用于工程实践。

在康奈尔时，CIMP 团队的同事告诉李德群，当王教授观看了成形模拟的动态演示后，曾兴奋得彻夜难眠。可见其工程意义多么重大。

中面模型及其模拟软件，为塑料行业提供了一种有效工具，改变了模具设计强烈依靠经验的传统方式，提高了制品的成形效率和质量，无疑是塑料注射成形发展史中一座里程碑。

然而，这里还有一个关键的问题：基于中面模型的成形模拟软件也有缺憾，就是制品的中面难于提取。

中面是位于制品中间位置的假想层面。在应用时，如果制品的内外表面形状相差不大，那么无论是用内表面还是外表面来代替中面，在成形模拟时，都能得到比较理想的分析结果。

但是塑料制品内外表面的形状，通常相差较大，这时无法用内表面或外表面来代替中面，只能通过人工操作来构造中面。

构造中面是一件要求很高的技术活，需要对计算机图形软件相当熟悉，操作极为烦琐。据统计，构造中面的工作量约占整个模拟量的80%。

门槛高、操作烦、费时多、精度低，这些缺点汇合在一起，成为了成形模拟软件推广应用的拦路虎。

于是，几乎是从中面模型诞生的那一刻起，人们就在探索如何解决构造中面的大难题。

出路似乎只要一条：开发自动生成中面的计算机程序，搬掉拦路虎，让成形模拟软件走进本领域的千家万户。

而李德群，又一次痛下决心，一定要攻克这个世界级难题！

这不是莽夫之勇。他有信心，也有经验的支撑。

而且他更相信："成功的关键在于你是否敢于拼搏，敢于啃硬骨头。"

可想而知的是，实际的困难会有多大。这过程，完全是举步维艰。国际同行虽然先行一步，但效果也不理想，被誉为本领域世界上最好的自动生成中面的软件，成功率只有50%左右。

“世上无难事，只要肯登攀！”

李德群收集了一些内外表面差异很大的塑料制品图形，反复琢磨它们的中面模样，发现不少制品的中面难以构思，具有二义性。连人脑都无法想象的，要让电脑去做，实在是勉为其难。

苦苦琢磨之余，忽一日他的脑海中电光火石般一闪，灵感突然迸发——能不能只用中面的概念，而不必构造中面呢？

助手陈兴博士对他的想法表示赞同。他们经过反复讨论，思路逐渐明确：设想模具型腔内的塑料熔体，沿中面分成上下两股，可以用外表面和内表面，分别作为这两股熔体的特征面，这样就不需要构造中面了！

此真所谓“山重水复疑无路，柳暗花明又一村”啊！

众所周知，人类无数精美的文艺作品，其成功的根本就在于优异于常人的构思，即灵感火花的迸发。而科学研究的重大突破，往往也要依赖于先人一步的努力和非同凡响的发现。小小的一个新思路，引爆的却是广阔的一片新天地！

然而，新思路的难点仍然有：你如何使想象中的两股塑料熔体保持同步流动，且温度和压力相容。这需要创立新的数学模型和开发新的算法。

他将这项世界性难题交给新加入课题组的周华民博士去深入探究。之所以选中周华民，不仅是因为他在大学本科时全年级学习成绩排名第一，而且是因为他在来课题组不长的时间内，所表现出的思路清晰、目光敏锐的特质，使李德群对他刮目相看。

对所布置的任务，周华民一开始也甚感困难。他回忆说："这是当时本领域全世界都在关注的课题，属于高精尖之列……在那段时间，李老师亲自和我一起反复分析，找出问题的关键，在研究中可谓无微不至。"

令人感动的是，周华民在生病住院期间，也从未中断该课题的研究和探索，许多思路都是在病榻上经过反复思考获得的。

建立新的模型和算法，不仅需要深厚的流体力学和热力学功底，还需要扎实的计算机图形学知识。他在研究中将三者有机融合，一步一个脚印，朝着胜利的彼岸前进。

功夫不负有心人。在课题组老师和同学们的全力配合下，周华民创造性地建立了表面关联相容性方程，和基于无阻尼虚单元的数值方法，巧妙地解决了塑料制品内外表面之间流动与传热的协调难题。表面模型，一项具有标志性的新成果由此诞生。

由李德群和周华民联名的表面模型的论文，于2001年率先在国际上发表，国际著名期刊《现代塑料》（*Modern Plastics*），随后用整版篇幅予以专题报道。

表面模型无需二次建模，显著提高了模拟效率和质量，使成形模拟大范围推广、应用成为可能。

表面模型被美、英、德、日、韩等50多个国际研究机构引用，成为注塑成形模拟的国际研究热点。表面模型，在国际上被誉为该领域使用范围最广、效果最好的分析模型。

美国佐治亚理工学院Cardozo教授，在综述中评价："目前，表面模型已成为注塑成形模拟的主流技术，并被商品化CAE系统广泛采用。表面模型的概念，是创新和激动人心的，极大推动了注塑成形模拟的应用。可以认为，表面模型是注塑成形模拟历史上一个重要里程碑"。

十余年来，基于表面模型的注塑成形模拟软件，已经深入人心，享誉全球，为广大的模具工作者所喜爱！

唐代诗人刘禹锡的诗句"旧时王谢堂前燕，飞入寻常百姓家”，成了表面模型横空出世、造福社会的最好写照！

表面模型及其注塑成形模拟软件，在取得显著的经济和社会效益的同时，也为李德群的团队带来了一系列荣誉。

2002 年，基于表面模型的塑料注射成形模拟软件获国家科学技术进步二等奖。该成果还被评为 2002 年中国机械工业五大进展发布项目之一。

2007 年，材料成形模拟技术及其应用又获得国家科学技术进步二等奖。

迄今，李德群的数字化成形研究团队的塑料注射、铸造、板料冲压三大成形模拟软件，实现了商品化。已在 700 多家单位推广应用。

李德群的研究团队，通过与本校化学系解孝林教授的高分子制备团队的长期合作，共同承担国家科学基金课题，在塑料复合结构、注塑成形过程与机械破坏行为的研究方面，都取得新成果。2010 年又获国家自然科学奖二等奖！

周华民博士因为创建表面模型，以及随后所取得的一系列科研成果，获得了国家杰出青年科学基金资助，并被聘为教育部长江学者。

表面模型成果的取得，是因为李德群团队的研究一直处于国际前沿，有一流的科研选题；也因为他们拥有像周华民、陈兴博士这样一流的青年才俊;更因为他们是一支三十年如一日、新老结合、团结互助、勇攀高峰的创新团队。

而李德群在团队成员眼里,正是持之以恒的典范。“李老师以身作则,用实际行动为团队注入了勤奋刻苦和创造性的基因。”

而当被年轻后辈问到怎么能在科研、教学和生活中取得突出成绩的时候,李德群却总是谦逊而简略地说:“持之以恒的努力,和淡泊宁静的心态。”

至于作为教授和团队领军人物的李德群,在教学上也取得了突出成绩:作为第一完成人,曾获得湖北省教学成果一等奖、机械工业部优秀教材一等奖、国家精品课程、国家级教学团队,以及 8 本专著和 13 本教材等成果。这都是李德群作为一名优秀教师最好的注脚。

2010 年,李德群还被中国科学技术协会评选为全国优秀科技工作者。

必须补记一笔的是:在康奈尔大学完成二维边界元冷却分析软件后,从 1987 年 4 月开始,李德群一直在作开发三维边界元冷却分析软件的技术准备。当时所面临的技术难题,是如何简化庞大的计算量。他的新思路是:将冷却水管简化为直线。而这一想法得到康奈尔大学王教授和王文伟博士的一致认同。

但正当此时，他在国内的导师肖景容教授，申请到“七五”国家攻关项目：“彩电模具国产化”。总体目标是彩色电视机全部实现国产化。肖教授因此写信，要求李德群 8 月前一定回国，负责塑料模具 CAD/CAE/CAM 的开发工作。肖教授同时也写信给王教授，希望能得到王教授的理解和支持。

王教授和王文伟博士，都希望李德群留下来，继续做三维冷却分析系统的开发工作，但肖教授的来信使他们感到为难。王教授要李德群自己做出决断。

虽然在李德群心目中，两位教授都是他生命中的贵人，他们对自己的培养和信任使他十分感激，两方的科研工作都很重要。但他反复思量后，觉得王教授这儿人才济济，自己走后会有人接替。而肖教授那边万事开头难，自己回去后能解燃眉之急。因而应召回校，全力报效祖国，应该是自己唯一正确的选择。

当年 6 月 13 日，李德群将他的决定告诉了王教授，王教授尽管舍不得他的离去，但还是尊重了李德群的选择。7 月 22 日临行前，王教授设宴为李德群饯行，并送了他一本精美的康奈尔大学画册。在扉页上，王教授亲笔写道：“德群学弟，希望这旅美的一年，曾给你留下了一些难忘的记忆。”

这记忆岂止难忘，而且是如此美好，如此精彩，如此关键！是康奈尔大学之行，使得李德群拓宽了人生视野，明确了前进方向。并深切感受到：

“我国与国际一流技术，在许多方面差距虽大，但可以缩短，甚至超越！”

悲欣交集

是否当命运与我为敌，
我还能以青春和骄傲
对它摆出坚强与耐力？

——普希金

改革开放以来，中国进入了一个日新月异的好时代。对于我们这些颇有些人生阅历的人来说，感触无疑会更多、更深。只要你稍稍留意，或者回首瞻顾，便会发现，流逝而去的任何一个寻常的日子里，总会有些不寻常的因子或者事件、经验，如五月旷野上的春草，悄然生发；如秋日清晨草叶上晶莹的露珠，一闪一闪地触动我们的绵久的情思。

而对于李德群来说,2016 年 5 月 30 日无疑是一个非同寻常的日子。

这一天,中国科学院第十八次院士大会和中国工程院第十三次院士大会在人民大会堂隆重召开。中共中央总书记、国家主席、中央军委主席习近平出席大会并发表重要讲话。他强调,科技兴则民族兴,科技强则国家强。今天,我们在这里召开这个盛会,就是要在我国发展新的历史起点上,把科技创新摆在更加重要位置,吹响建设世界科技强国的号角。

会议期间,中国工程院院长周济向新增选的 70 名中国工程院院士颁布发了大红院士证。

院士,可都是行业的翘楚,是最优秀最有成果的人才,代表着行业、学界的最高水准。也是其个人学术生涯实至名归的最高的、终身的荣誉! 按照国家的相关规定,院士是可以享受副部级待遇的。而就国家和社会而言,别的不论,通俗地看,所有的大学、研究机构都会在介绍自己的时候夸耀自己有多少名院士。国家在建一个新的研究方向的时候,也都会把高精尖的任务寄托于相关院士。然后拨经费、添仪器、建大楼,给院士配副手、配研究员等等。可想而知,"院士"该是多么崇高而光荣的称号啊!

踏着轻快、昂扬、催人向上的音乐旋律,时年 69 岁、历经磨难的李德群，挺胸昂首，步履稳健，充满信心地踏上了主席台。当他从周济院长手中接过那庄重授予他的院士证书，当他目睹着荧光闪烁，无数相机向自己聚焦的那一瞬间，他那深藏于心的幸福与感动，陡然爆发。若不是强行抑制，满腔激情必将化为两行热泪，夺眶而出！

与此同时，他忽然有些恍惚，有些难以自持，几乎怀疑此刻的自己是在梦中！此生那漫长而又仓促的年轮，那沉浮而起落的人生片断，乃至离开灵武时手绘的那只不屈不挠、时刻都志在山巅的猛虎，都如电光火石般迅即闪过眼前。一时间，胸臆间又充斥了似苦非苦，似甜非甜，欲哭欲吼，欲歌欲泣的思潮情涛……

很久以来，随着马齿渐增，随着人生阅历的丰富和积累，我对社会、人生的根本认知日益凝聚为一个观念：一个人，只要他生而在世，谁也别想拔着自己的头发，超脱社会和人生运行的一个基本逻辑，即无论他前行的道路平坦还是坎坷，无论他此生的成就或大或小，无论他的财富、名望和地位或多或少，其根本的生命体验和感悟，无不表现为酸甜苦辣、喜怒哀乐。亦即弘一法师临终时的那句惊世浩叹——“悲欣交集”。皇家贵胄、巨贾大哲、贩夫走卒、平头百姓，概莫能外！

而拜识李德群院士之后，我从他的成长，他的求索，他的奋斗，他的功业，他的收获与失落，他的喜怒哀乐、酸甜苦辣中，同样也感受到一个最素朴的真理：他是一个杰出的人，一个了不起的人，一个对国家、对社会做出了巨大贡献的人；同时，他也是一个饱尝着人生百味的人。

他的人生，同样是我上述认知的生动注解！

至于荣获中国工程院院士称号，当然是绝大多数人、绝大多数科学家可望而不可即的人生和事业的巅峰。而对于最终荣获这有如山巅明月、海底珍珠一般珍贵荣誉的院士们来说，这也绝不是一顶可以轻易摘取的桂冠。他们为此付出的点滴心血和漫漫辛劳，非当事人不足道也。

而对于李德群来说，恐怕还别有一番滋味在心头。因为我在采访他之前，从网络上看到过关于他在增选院士过程中的负面议论，其中充斥着明显站不住脚的谣诼。所以采访中，我生怕刺激他，谨慎地回避着这个话题。却不料，李德群又一次显示出自己开阔的胸襟和雅量，相当平静地主动言及他报选院士时的前前后后和是非曲直。

李德群坦诚地告诉我："对于'院士'这个称呼，我从青少年时代开始就觉得它是那么崇高 又是那么遥不可及。所以我从来不把它作为自己的人生目标。但扪心自问，我真不是一个有多大理想的人，读小学时，只希望期末考试能通过。

读中学后有了点追求，但期望也不高，能考上一所像样的高校，就心满意足了。进入大学后，在‘红色工程师的摇篮’里摇来晃去，最终坚定了毕业后当好一名工程师的决心。

“及至‘文革’将我那点儿美好心愿也打了个粉碎。1969至1978年，我在边疆农村和内地县城，做工务农长逾10年之久；学业荒废、大脑僵化，时间一长，好像什么理想都没有了。1978年我报考“文革”后首届研究生的驱动力中，坦率说，也有着谋一个武汉城市户口的愿望。

“因此，我要特别感谢我的研究生导师肖景容教授的循循善诱。多年来，肖教授在教学和科研工作中的言传身教对我帮助很大。尤其是20世纪70年代末，模具计算机辅助设计的研究在国内一片空白，国际上也尚处于探索中，肖教授将开辟新研究方向的任务交给了我；方向对、起点高，又委以重任。这是我在研究之初就能步入快车道的重要原因。

“我在1985年创建研究团队，1989年被评为副教授，1991年破格提升为教授，1993年被国务院学位委员会评聘为博士生导师。2002年科研成果‘塑料注射成形模拟技术’获国家科技进步二等奖，并被评选为当年中国机械工业重大科技进展发布项目。这样才一步一个脚印，奋起直追，明确了要将“文革”长达10年的损失补回来，要为改革开放的新时代多添几块砖瓦的信念。而到了2003年新年伊始，材料学院的领导就动员我申报中国工程院院士。”

“2003年申报院士？这么说，你到2015年12月正式当选为院士，前后竟有十余年时间？”我不禁好奇地问李德群。

“是的，这里有一些特殊原因。2003年我准备申报院士的时候，得知机械学院的李培根教授也要申报中国工程院院士，而且和我报的是同一学部的同一学科组。我将我的情况和李培根作了对比，觉得他的条件比我好。经过慎重考虑，我主动撤回了我的申请。当年李培根成功当选为中国工程院机械与运载学部的院士。

“因此，后来常有人会说，我将院士头衔让给了李培根。这真是匪夷所思，那顶院士帽又不是指定给我俩的，而是李培根经过层层选拔，从几十位竞争者中脱颖而出，靠的是他的水平。而李培根颇具君子风度，他在申报过程中，从未和我谈及院士增选的事情，‘让’字又从何说起？在我随后的岁月里，他还给予了我全力支持、帮助和鼓励，让尽可能多的院士对我的工作进行充分了解。所以2015年我当选院士，最要感谢的是情深义重、助人为乐的培根兄弟。

“这样，我实际上是在2005年首次申报了中国工程院院士。4月通过教育部的遴选，6月机械与运载学部的院士们进行第一轮投票选举。结果我没能过关。”

“2007年，我又获得第二个国家科学技术进步二等奖。于是我开始第二次申报。这一年，机械与运载学部有56位候选人，经过第一轮选举，共有18人进入了第二轮，我榜上有名。在第二轮选举中，经过多次投票，选举出包括我在内的8名正式候选人。经最后投票，将从中产生7名院士。以往前7名只要得票超过半数即可当选，但这次修改了规则，得票必须超过投票总人数的三分之二。因此，最后一轮投票结果，我虽然位于前7名之中，得票过半，但没有超过投票总人数的三分之二，遗憾落选。”

我不禁为之扼腕：“看来，什么事情都得要有些运气成份在啊。你这次的运气好像是差了些。”

李德群爽朗地笑了：“可能更应该说是，凡事都会有曲折，一帆风顺也未必符合事物发展的规律。我从北京铩羽归来时，材料学院的郑恩焰书记和陈立亮院长亲自到车站迎接，令我十分感动。我更加意识到，我不是在孤军奋战。大家都在支持我，寄望着我。材料学院、材料成形与模具技术国家重点实验室，永远是我的强大后盾。

“可是，事情又起了一些变化。本来，中国工程院每两年增选一次，候选人可以连续三次申报。所以2009年我可趁热打铁申报第三次，但我又一次放弃了。

“事情还得从 2007 年申报院士那时说起。那年申报前，学院领导约我谈话。他们说，如果这次申报不成功，希望我 2009 年就暂停一次，因为机械学院的段正澄教授 2009 年也要申报。这样，我 2009 年就没有连续申报。但后来又有了传言，说我和段教授之间有个互让协议。这纯属子虚乌有。我没有为此事去找过段教授，段教授本人也没有为此事找过我。2009 年，段教授成功当选为中国工程院院士。又有人说，我将院士让给了段教授，这种说法更莫名其妙，我只是没有参与那次竞选而已。段教授能以 75 岁高龄当选院士，靠的是实力。而回想起来，李培根、段正澄和我都能够当选中国工程院同一学科组的院士实属不易。除了我们自身的努力外，相互的理解和支持是十分宝贵和重要的。

“2010 年，我们的新成果‘塑料的复合结构、注射成型过程与机械破坏行为的研究’，再次获得国家自然科学奖二等奖。于是，2011 年我又开始了第三次申报。从上次申报后近 4 年时间里，我和我们的团队从软件到硬件、从工艺到装备、从模拟到智能，在科研工作中，通过学科交叉和奋力拼搏，不断取得新成绩。因此，我们对这次申报充满了信心和期盼。结果也是如此，4 月 12 日，教育部院士候选人遴选结果揭晓，在机械与运载学部所有的候选人中，我得票最高，排名第一。”

听到这里，我的心紧缩起来。因为我知道，就在这至为紧要的关头，却突发意外——李德群有如突遭霜打的蓓蕾一样，横被非议——在毫无思想准备，也没有任何人采访、了解李德群本人或学院人士的前提下，某网站发表了一封匿名“小玲子”的信件，声称李德群和本校解孝林教授合作的、国家自然科学奖二等奖存在严重拼凑、包装造假问题：

(1) 解孝林、李德群为两个不同学科带头人，平时没有任何合作，只是为了报奖，将材料凑到一起，骗过了国家奖评委。

(2) 除2010年国家自然科学奖二等奖外，李德群还获得了2002年和2007年国家科技进步二等奖，这三个国家奖中的“塑料注射成形”完全重复。

(3) 李德群2007年国家奖主要内容为塑料注射成形模拟、铸造成形模拟和板料冲压成形模拟，这三个内容风马牛不相及。

实在说，即使是局外人，我在看了这样的报道后，也感到这封信选择这样的时机出笼，既属恶意中伤，也着实令人怀疑其动机。

不禁想起莎士比亚说过的："谣言是一只凭着推测、猜疑和臆度吹响的笛子。在某些人那里，事实就成了任人打扮的小姑娘。今天你给她戴一朵花，明天也可以给她泼一盆水。"

虽然社会上、人生里永远会有谣言或中伤，但人们编造谣言的目的，或为了八卦趣味，或为了抹黑某些人，或为了抬高某些人。根本还可能是为了某种不可告人的利益图谋！

然而，令我钦敬的是，李德群尽管也感到气愤和屈辱，但对于这种没有任何事实根据的东西，他还是以坚忍的定力保持了冷静。因为，他深信事实胜于雄辩，自己没有在特殊关头对这种无聊攻击给予回应的必要。

事实上，匿名信发表后，社会上也一直无人理睬。

谁知"小玲子"并不罢休，竟在工程院第一轮院士选举投票的前一天，又向所有相关院士的手机上发送了上述"揭发"信件。其造谣污蔑的动机，至此暴露无遗。他们就是冲着院士选举而来，就是要枪打排名靠前的"出头鸟"！

李德群说："结果，这封匿名信还真起到了破坏作用，教育部遴选排名第一的我，在第一轮选举中勉强进入第二轮。"

"为了还我清白，在我和学校的严正要求下，中国工程院在当年 8 月，委派三名院士和两名工作人员，组成调查组，来我校调查那封揭发信中的内容是否属实。调查组用两天时间，查阅了我们三次报奖的全部材料和附件，约谈了与报奖和科研合作有关的所有当事人。

“我和解孝林教授共同承担国家自然科学基金重大项目的情况，全校皆知。2008 年结题时，还被国家基金委评为优秀。我们还联名发表过三篇学术论文；三次报奖的材料和附件在内容和时间节点上，是被严格界定的，我相信调查组一定会澄清事实。

“结果也是如此。调查结束后，组长代表调查组郑重地告诉我，我的三次报奖不存在任何问题！但即使如此，我在第二轮选举中再次遗憾出局。”

对此，李德群坦言道：“常言道，事不过三。在屡屡受阻后，我产生了畏难情绪，不知院士申报是否还有必要继续下去。但学校、学院和我的研究团队的意见是一致的：‘将申报进行到底！’”

我说：“但据我所知，攻击甚至诽谤你的力量，也好像要‘进行到底’呢！”

“没错。2013 年我第四次申报后，工程院的第一轮候选人名单公示时，那个‘小玲子’又化名为‘一叶飞舟过江南’，于 6 月初在一家网站上发表文章《造假教授李德群，申报院士再次公示说明了什么？》”

“该文说，李教授上次落选了，这次院士增选名字又赫然在列。据查，先前的网络文章发表后，李教授从未对此进行过回应。希望李教授能对网帖的质疑进行有效的正面回应。”

“这个作者如此关心你，却又始终匿名，显然心是虚的。更何况，他不可能不知道，2011 年调查组来学校调查的事实和结论。”我说，“可是他竟又在工程院选举的关键时刻，将前年的诬陷信件发到多个网站上，真想当‘戈培尔效应’的实践者，使‘谎言重复一千次就成为真理’吧？”

李德群点点头：“也许吧，而 2013 年的选举结果也的确会让‘小玲子’高兴，因为我第四次落选了。但这更加坚定了我的意志，也更加坚信是非有曲直，公道在人心。所以 2015 年 10 月底，我决定继续申报。结果，正如大家知道的，我在第五次申报中成功当选为中国工程院院士。不知道‘小玲子’会作何感想。但我觉得，这是我能做出的、也是国家和社会对他们的最好回应！”

“对！正所谓实至名归，事实胜于雄辩啊。当然，也应了那句热门歌词：‘阳光总在风雨后！’”

李德群却仿佛陷入了沉思。半晌，他抬起头来，认真地对我说：“过去我常会说，过程比结果重要。那其实多少是一种自我宽慰。实际上，谁都明白，结果也很重要。有了一个好结果，就能更客观地证明自己，也利于总结过程。

“而我也的确认真总结过这个过程中的一些感受：首先，人生而在世，一定要有明确的追求。在求索中通过自身的努力，依靠大家的帮助，客观地认识自己；确定目标的大小，体会过程的苦乐，即使目标没有达到，也不枉到人间走了一遭。

“其次，要常怀感恩之心。我申报得以成功，离不开大家的帮助。滴水之恩，当涌泉相报。我要像曾经关心和帮助过自己的师长和朋友那样，去帮助那些需要自己去关心和帮助的每一个人。

“最后，做人要光明正大，要襟怀坦荡，也要经得起风刀霜箭，甚至是有形和无形的绊索！而躲在阴暗角落里向他人施射暗箭的人，非但损人不利己，反而可能损害了自己的名节，是决不可取的。当今社会最欠缺的，正是诚信和友善；而这恰恰是我们中华民族引以为豪的优良传统，需要我们传承下去并发扬光大。”

“那么，这个‘小铃子’，后来又有什么反应吗？”我问李德群。

“我没有看到。不过实在说，我并不在意他的反应。所谓‘度尽劫波兄弟在，相逢一笑泯恩仇’，过去的就让它过去吧。不管是‘小玲子’，还是我今后可能会遭遇的其他类似事件和个人，我都不想深究什么。公道自在人心，一切让事实来回答吧。而无论‘小玲子’们以前做过什么对不起别人的事，只要能认识和改正错误，都还是好同志。”

我不由得向李院士竖起了大拇指……

“我并不觉得我有多么成功”

在我们的灵魂深处，我们将会听到那发自我们内在生命的永不停歇的曲调——一种有时是愉快的，更多的是充满了哀怨，但总是富有创造性的音乐。

——柏格森

至今犹记多年前我初到姜堰时，天空正飘零着雨丝。星罗棋布的小村落，密如蛛网的河湖渠，全都浸润在水泠泠而雾朦朦的静谧中。待到溱潼古镇，甫一下车，鼻息中又钻进淡淡的晚炊气息，和一种诱人而特异的油气香——街边许多摊点上，正炸着这一方水乡特有的名产：鱼饼和虾球。

恍惚间，一份油然而至的亲切感，浓浓水汽般氤氲着我的身心。那份温馨而熟念的感觉，仿佛我早已在这里度过顽皮嬉闹的童年，而今又回到故里。眼前的景致，和我真实度过童年的苏州城郊几无二致：小桥，流水，密集的人家；青砖，老屋，深幽的古街……

生出这种感觉是自然的。姜堰和苏州虽地隔长江，春秋时却同属吴地。在形态和韵致间，确乎有着很多的神似。"君到姑苏见，人家尽枕河。"而姜堰素有"七水穿城的风情古邑，万水交织的美丽水乡"之誉。

而这片水乡，却又因着其人文传统，至今盛行着一种独特的文化现象：一年一度气势恢宏的溱潼会船节。

号炮响处，金鼓骤鸣。千百只群鸽急风般旋起，万千只气球雪片样漫舞。直升飞机隆隆飞来，在波光粼粼的溱湖上盘旋助威。而船，大大小小千百条彩船，挤挤挨挨数千名船民，鸣动鼓乐，舞起彩龙，一艘一艘，一列一列，一队一队，一群一群，直似千军万马排云而来，恰如万人空巷，花车巡游……

非目睹者难以想象这精彩的一幕，而身处此地者，哪个不为之血涌！那一潮又一潮的船队，对你的视觉和其他感官造成的冲击，是如此强悍。尤其是蛟龙般穿梭的数百条篙子船破浪而来时，再博闻广阅者，也不由得要为那战船破浪般的雄浑气势，喝一声彩，道一声壮观！那密密麻麻不下千百条的长篙，仿佛被同一面帅旗挥引着，在或着古代兵勇服，或穿现代战士装，或衣红或着彩，或男队或女营的撑船者手中，群戈劲舞般齐刷刷升起，又齐刷刷击水，将绵绵船队撑得你追我赶的场面，直透热浪滚滚的溱湖烟云，恍惚又回到千百年前“专练会船架竹篙，一声锣响滚银涛。各争胜负分前后，不亚金焦训水操”的胜景之中。

更让我感兴趣的是这股子奋发的、不畏艰险的、永远向前的精气神，这以民间自发为主，且兴盛千年之传统，缘何而成？生命力又缘何如此顽盛？想来总与其得民心、合民意且切合渔米之乡水网密、湿地多之特征有关。而其文化含量大且于今为盛的现状，则又表明姜堰和溱潼，在新时期经济文化、人民生活水准的突飞猛进。

其实在溱潼，那古风悠悠、湖景怡然的千年古镇，那麻石铺就的曲径小巷，也都足以让人流连。尤其是镇中，竟还灼灼盛放着一株被前国际茶花协会主席戴维斯誉为“全球人工栽培的茶花之王”！

这棵山茶树确非一般。其主杆竟如此高大、繁华，浑如巨大的冠盖；而花红似血，花期长达四五个月，花繁时竟至千朵！她那苍劲的虬枝，繁星般的满树嫣红，浑似溱潼古老文化与现代文明水乳交融的化身；同时，岂不也是溱潼欣欣向荣之美好前景的鲜明昭示？

更有特色的是，溱潼古镇上，还有一处游人必到的罕见胜景——“院士旧居”。罕见就罕见在，在一个小小的乡镇上，不仅诞生了三位中国科学院和中国工程院院士，而且这三位院士，还是同门三兄弟！

无怪“院士旧居”可以自豪地宣示：“悠悠溱湖母亲水，育就华夏栋梁材。我们的兄弟院士李德仁、李德群、李德毅便生于此、长于此。饮溱湖水，咏溱潼诗。俯，脚下踏的是溱潼砖；仰，头上顶的是溱潼瓦。五千年历史的回声，在这钟灵毓秀的古镇里经久回荡。李氏兄弟穿过这层层的水乡烟雨，走向了更为广阔的天地。

“一方水土养一方人。三位院士凭着赤诚的爱国之心，卓越的科研能力和学术贡献而蜚声中外。他们不仅是溱潼的骄傲，更是中国的骄傲。而他们的家乡溱潼，这块40多平方千米的‘水乡明珠’，也必将继续承载这段深沉的历史和深厚文化，哺育和滋养更多溱潼儿女！”

此言不虚矣！

谁不说俺家乡好？而俺的家乡又确是如此得好！

我知道李氏三兄弟如今虽都在外地工作，但他们未曾一日泯灭生他们养他们的桑梓情怀。功成名就后，他们也多次携妻儿回归故里。那么，抚今追昔，他们会作何感想？我不得而知。但肯定不乏缅怀先人，重温乡情，追思家祖的绵绵福泽与养育之恩的一腔深情。

李德群就给我看过好些他回乡时，在“院士旧居”这祖上营造的宽敞的庭院里，在富有明清风格且雕梁画栋的老屋前，亦即他儿时住过的房子前留下的照片。

我注意到，不知是感慨万千，还是“心事浩渺”，好多张照片上，李德群安详的神情中竟有着几分凝重，目光也多望向很远的地方。或许，他仍在眺望着心目中的“诗和远方？”亦或，他心中又在回响着“总是富有创造性的音乐”？

不禁想起，此文原题我定的是《成功的花》。取自题记中冰心的诗句“成功的花”，自觉形象、贴切。不意初稿请李德群审阅后，他复信将题目改成了《破土的芽》，并特别强调：“我并不觉得我有多么成功！”

这是谦逊吗？显然是的。如果一个院士都不能算成功人士，“成功”也未免太高峻了。但我又能理解，此言出自李德群这位一生都在孜孜求索、永不浮夸的老科研工作者之口，决不止是谦卑自抑，而恰恰反映出他那多年来一以贯之的、严谨的科学态度，以及对自己更高的要求！

一张他在故居中那棵高大繁茂、红花灼灼的老山茶树前的留影，令我坚定了自己的看法。

他笑了。似乎有几分欣慰，似乎有几多感慨。更多的，或许是令人遐想的期许。

我忽然意识到，老山茶那历尽沧桑而又始终蔑视风刀霜剑的意志和品格，还有那通常不为人留意，却可想而知永不倦怠地扎向大地深处的发达根系，正是她那年年旺发的繁花，和永远奋发不已的生命力之所在。

而她，又多像是这故乡的大地上一门三杰的象征呵！

本文作者简介：

姜琍敏，一级作家，中国作协会员。现为中国散文学会副会长、江苏省散文学会会长、江苏作协理事。1976年迄今，在《人民文学》《当代》《十月》等全国各地报刊发表各种文学作品。部分作品被新文学大系及各种选刊、年选本广泛选载。散文集《禅边浅唱》获“冰心散文奖”。曾获江苏省“五个一工程奖”，“紫金山文学奖”等其他奖励数十项。有作品译介国外。

主要出版有中短篇小说集、散文随笔集《不幸的幸运儿》《愤怒的树林》《美丽的战争》《叫我如何不执著》《红蝴蝶》等16部，长篇小说《多伊在中国》《漫长的惊悚》《女人的宗教》《华丽洋商》《喜欢》等10部。

用生命缔造精彩

——记中国工程院院士曹福亮

傅宁军

曹福亮院士

曹福亮简介：

曹福亮，男，1957 年 11 月生，江苏姜堰人，南京林业大学森林培育学和经济林栽培学教授，中国工程院院士；先后获南京林业大学林学学士和森林培育学硕士、加拿大英属哥伦比亚大学（UBC）森林生态学博士学位；曾任南京林业大学林学院院长、南京林业大学校长；兼任《南京林业大学学报（自然版）》主编、南京林业大学学术委员会名誉主任、浙江农林大学学术委员会名誉主任、中南林业科技大学名誉校长、中国林学会副理事长、中国林学会银杏分会主任委员、中国经济林协会副会长、江苏欧美同学会副会长、南京科协副主席、中国生态学会顾问；江苏省第十二届和第十三届人大代表、江苏省第十三届人大常委、江苏省第十三届人大农业与农村工作委员会副主任。

长期以来，从事森林培育、森林生态、森林文化等方面的教学和科研工作，重点开展银杏、落羽杉、杨树、毛竹、油茶、枸杞等树种的抗性机理、良种选育、培育和加工利用等方面的研究，特别是银杏研究在国内外同行中有较大影响；先后获国家科学技术进步奖 5 项（其中二等奖 4 项、三等奖 1 项）、省部级科技进步一二等奖十多项、何梁何利科技进步奖 1

项;曾获全国优秀科技工作者、江苏省首席科学家、江苏省优秀留学回国人员、江苏省青年科技标兵等荣誉称号;研究成果在全国得到大力推广,为我国银杏产业发展和现代林业建设提供了重要科技支撑;2010 年至 2017 年担任南京林业大学校长期间,为学校进入“双一流”做出了积极的贡献。

深秋时节，我来到紫金山麓的南京林业大学。采访素来低调的著名林学专家曹福亮院士。或是阳光初升的上午，或是夕阳西斜的下午，我夹在朝气蓬勃的年轻学生中间，走过落叶缤纷的美丽校园，与一片片浓密树林不期而遇。印象很深的还是银杏，如同油画般泼洒着灿烂的色调。

也许，秋天树叶五彩纷呈，只是银杏似乎最有代表性，人们一想到它就会想到这个季节的美。它的叶片黄澄澄的，像一把玲珑剔透的金扇子；它的果实白润如玉，烤熟剥开硬壳满口清甜。阳光穿过树枝缝隙，伴着柔和的风，随叶一起轻轻飘落。如果驻足于银杏树下，抬眼望去都是金华烁烁的诗意。它是世界上最古老的孑遗植物，用“千年银杏”形容毫不夸张。

江苏泰州是著名的银杏之乡，曹福亮的出生地泰县王石乡西官村有很多很多的银杏树。孩时的曹福亮每天都会从银杏树下经过，可以说是在银杏的树荫下长大。他记得，和小伙伴围着银杏树嬉戏，捡起银杏叶子当书签，摘下白果往口里塞。他看着树干一天天变得粗壮，银杏也见证了孩子的喜怒哀乐。没有语言交流，却一直心有灵犀。或许，那佛前许愿变成一棵树守在爱人必经之路的痴情者，正是这棵默默无闻的银杏吧。孩子说，我每次看到银杏，都有一种家的感觉。

数十年后，这个孩子成为大学教授，他研究过很多树木，最终把银杏当成了自己的归宿。他痴迷于银杏的学问，踏遍大江南北搜集银杏标本，建成银杏基因库。他推广银杏的种植，遍及婉约的江南水乡、豪迈的秦汉故里、壮美的新疆，直至圣洁的西藏，让银杏的芳华在华夏大地上铺展开来。他研发银杏的品种，用银杏的叶子、果实等制成了保健品，还着力推广银杏文化，让世界上越来越多的人能领略银杏的魅力，享受银杏的恩惠。

他就是曹福亮，一个凭借银杏让历史记住的名字。《银杏》《中国银杏》《中国银杏志》《中国银杏品种图鉴》《银杏资源培育与高效利用》《听伯伯讲银杏的故事》《银杏栽培手册》等一部又一部厚重的学术专著，筑就了他在中国银杏领域的学术地位。其实，曹福亮不仅是中国第一位深入研究银杏学的科学家，而且在林业研究许多领域涉猎甚广，而且取得过丰硕的研究成果。他一向不愿意宣传自己，只是家乡姜堰区有关部门诚恳相约，他无法推却才接受采访，让我了解他怎样从姜堰的农家小院走出去，一步步地走向科技高峰的。他在改革开放的时代勇弄潮头，得益于早年勤奋学习的积累，而成长之路并不平坦，伴随着无数艰辛与甘苦……

1. 书本是人生的钥匙

提到里下河水乡，浮现在脑海的往往是小桥、流水、人家，依河筑屋，桥街相连，小船摇曳，绿影婆娑，水乡风景着实婉约清丽，宛如一张富有意境的水墨画。提到里下河人家，人们能想到的，也是来自鱼米之乡，小富即安，衣食无忧。这些画面曾属于历史上的里下河一带。然而，在 20 世纪相当长一段时期，里下河两岸与中国许多地区的农村一样，摆脱不了贫瘠的束缚，生长在那里的人们，也在与自然抗争，与命运抗争，用尽全力打拼未来。

梁徐镇，位于江苏泰州市姜堰区南郊，境内水陆交通便捷，如今基础设施完善，宁靖盐高速公路、宁启铁路、328 国道、姜八公路穿境而过，中干河、通扬河交叉其间，其中有一个王石村。要知道，当年姜堰因地形所限，农业发展缓慢，而王石村在 262 个行政村中属于垫底的。（西官村原隶属于姜堰王石公社，后改为王石乡，现合并到梁徐镇官野村。）

曹保章，当时王石村一名老实巴交的农民。他家住在里下河的上河，地势比海平面还低。上河是干旱地，人多产量不高，用一个字形容就是“穷”。曹家生了两个女儿，在什么重活都要干的农村，女儿不算整劳动力，曹保章一直盼儿子。在农村传统的思想观念里，有了儿子，这个家就不会被人欺负，家事才有人分担啊。好运终于降临到这位朴实的农民身上，曹家第三个和第四个孩子相继出生，全是男娃。

1957 年冬天，曹保章激动地抱着小儿子，高兴地合不拢嘴：“这孩子有福，是我们家的福气啊。”看着襁褓中的娃娃眉清目秀，曹保章起了小名叫红喜儿，指望曹家沾点喜庆。可是，大儿子生病，父亲烧香拜佛，从死亡线上拉回来，老大就叫和尚，他想了想，又给小儿子起名小和尚，希望仍然受佛祖的护佑。西官村上了年纪的邻居，都知道曹家小儿子叫小和尚。至于曹福亮这个大名，是他上小学时五叔起的，五叔当时是前官小学校长。

曹保章夫妇疼爱孩子，自己吃不饱，省给孩子吃，再苦的活儿也是自己干，就像不知疲倦的老黄牛。然而，家境的贫穷是严酷现实。曹福亮从记事开始，最大的感觉就是吃不饱饭。他问爸爸妈妈，我们为什么吃不饱呢？曹保章告诉他，生产队的粮食是按人口分的，有的人家老的老，小的小，粮食也就够了，而我们家的孩子长身体，胃口都大得很，口粮自然不够吃。遇到灾年粮食产量低，饿不死就不错了。你要好好念书，将来到城里去工作，就能吃饱饭了。曹福亮似懂非懂，童年和少年的记忆都是吃不饱肚子。

曹福亮最喜欢的季节是秋天。他告诉我，虽然秋季风萧瑟，落叶飘零，但也是收获的季节，地里种的花生熟了，大人在前面收，孩子们跟在后面拣，拣到了就生吃。每天家里的主食，就是玉米、大麦、小麦、山芋片，还有胡萝卜、山芋。少年曹福亮正在蹿个头，爸爸妈妈总把自己碗里的玉米粥、元麦粥多分给他一些，偶尔还能喝到大白粥，但米饭、面条都很少，只有收山芋的时候，把山芋和胡萝卜放进去煮，这样的稀饭就丰富了一些。

曹福亮还记得每年秋天到来的时候，他和小伙伴们都相约去切山芋片，一片一片铺在院子里晒干了就能在冬天放在稀饭里面了。大姐上高中时，学校离家 5 千米，中午吃饭，别人的饭都是米饭，父亲只能将青菜切碎了以后晒干，给大姐拿去吃。生存的压力是无声而强大的教育，曹福亮的二姐辍学回家务农，大姐和哥哥高中毕业，都当上了小学教师。而曹福亮在学习上更拼，走得也更远，超越了当年农民家庭的终极梦想。

曹福亮那颗好学之心是在前官小学种下的。曹家当年所在的地方,是姜堰南边的王石公社西官大队,当地孩子都就读于前官小学。不得不说,姜堰历来注重教育,虽然各方面条件都很简陋,但前官小学依然办得十分正规,占据着当地最好的地段和房子,村民们对前官小学的老师也极其尊敬。尤其让曹福亮自豪的,是他的五叔就在前官小学当校长。

说来颇有些意思,虽然曹保章连自己的名字都不会写,但他几个兄弟都是文化人,曹福亮的三叔和五叔都是正式教师,分别在两个小学当校长。或许是文化人的受人尊敬让曹保章倍感羡慕,曹保章一直激励自己的孩子们,要以叔叔们为榜样,走出王石村,做个文化人。

曹福亮真心想学习,想争气。他从小学到初中在班级的成绩都名列前茅,初中二年级生病在家休息了半年,他坚持天天看书自学,结果半年后复课,成绩还是第一名。那时候就有人说,曹福亮这孩子真是聪明,老师都觉得他是一块好料子。但曹福亮一直对自己要求很高,因为在他心中有个标杆是他决心要超越的目标,这标杆就是他大伯家的两位堂哥。曹福亮大伯家有两个堂哥,个个都是学习的好材料,大哥大学毕业,先在学校当老师,后来做了江苏农垦集团的领导。二哥的学习成绩更是不得了,“文革”之前他非清华不可,但很不幸,1967 年取消高考,他的大学梦破碎了,后来他在当地的西官农业中学当了校长。曹福亮与二哥曹福稳很亲,常喊他“小哥哥”,这位小哥哥对曹福亮的一生产生了深远影响。

曹福亮初中在西官中学读了两年。正值 1973 年,那时上大学还要推荐,而且要看出身。全国不少地方有消息传来,中国的教育方针可能要大变了。曹福稳知道消息后叮嘱他,你要坚持学习,也许还会有高考的机会。曹福亮懂事地点点头,“小哥哥你放心”。他珍惜读书的机会,从高一到高三,他的成绩都是全班最好的。

1975 年夏天,曹福亮高中毕业了,这年大学招生方式并没改。曹福亮成绩再好,大学的门也不会对他开启,因为那时上大学要推荐,招收的是工农兵学员,曹福亮顶着一顶“出身不好”的帽子,推荐无门。1975 年,曹福亮年满 18 岁,一心想参军,报名参加体检时,应征青年集中跑步,被民兵营长从队伍中拉下来,他板着脸说,你们家出身不好,当什么兵?

上不了大学,当不了兵。曹福亮空有一肚子墨水,内心涌动着文化知识的力量,但外在的环境带给他的是歧视的痛苦。1975 年到 1976 年间,找不到出路的曹福亮横下一条心,像父亲曹保章一样下地干活。他把课本丢在脑后，养了大半年的水浮莲和水葫芦，给生产队提供养猪的饲料。生产队分给曹福亮负责的，是1千米长的河渠，水面有七八米宽，其中的一项工作是站在水里，把河底的河泥用勺勾出来，用河水稀释后，浇到水浮莲和水葫芦上面，等于给它们施肥。连续三四个月，每隔两天就站在齐腰深的水中干，一干就是一整天，两条腿都泡肿了，十分辛苦。

有一天，小哥哥曹福稳去看曹福亮，看到烈日如火，曹福亮站在泥水里，满头是汗地侍弄水葫芦，一双手被磨破了皮，泡得肿胀。曹福稳心疼不已，这可是一双拿笔的好手啊！他急切地说，曹福亮你出来，国家可能会恢复考试的，你还在这里浪费时间！你赶紧学习去吧。曹福亮说不行啊，我不来生产队挣工分，家里就没有粮食啦。曹福稳说，那你到我们学校去代课吧，每个月有代课费24块钱。我们学校你知道，不是每个人都能来代课，要你来也是王石中学的人都知道你成绩最好，你一定要把课上好才行啊。

1976年9月，曹福亮就成了一名西官农中的代课老师。曹福亮白天给学生上课，教英文与物理，月工资20多块钱。空闲的时候，他跟曹福稳一起聊天，话题离不开考试。曹福稳坚信，总有一天要高考，不会太远了，弟弟你赶上了好时候，要早做准备啊。他从老大学生那里找来考试卷子和复习资料，堆到了曹福亮的案头，不停地叮嘱他，多学点，再多学点。

就这样，曹福亮在做代课老师的同时，又成为了复习的学生。一到晚上，他就到小哥哥家里去，那里有一个小房间，是专门为他准备的。昏黄的电灯泡下，曹福亮埋首于小哥哥给他找来的一堆复习资料里头，时常读到深更半夜，他知道，未来的考场只认实力，要想收获就要耕耘。小哥哥为曹福亮的成长付出了很多很多，所以他和小哥哥的感情也最深。

2. 敲开命运“一扇窗”

1977 年 9 月，教育部在北京召开全国高等学校招生工作会议，这是粉碎“四人帮”后的一次重要会议，决定恢复停止 10 年的全国高等院校招生考试，正式宣布统一考试、择优录取，选拔人才上大学。

消息传来，就像一大片祥云突然笼罩了那个泛着书香的小屋，曹福稳激动地拍着曹福亮的肩膀，说你小子这下真有机会了。

1977 年的第一次高考定在 12 月份，正值全国最冷的月份，学习文化的热浪却瞬间席卷了大江南北。许多知识青年放下了农具，拿起了文具，走出了田间地头，走向了教室书桌，曹福亮被时代的浪潮裹挟，争分夺秒，誓要抓住最后的3个月，为自已也为家庭搏一个光明的未来。

参加高考的日子终于到了。天刚蒙蒙亮，曹福亮就起床作准备了。妈妈特意给他的早饭加了鸡蛋，祝他考个好成绩。这次考试是分级的，他们要先参加扬州地方的统考，如果考过了，就能继续参加江苏省的考试。否则，只能打道回府。一进考场，曹福亮感觉人山人海，考生有的长了胡子，有的一脸稚气，但眼睛里都闪着希望的光，摩拳擦掌，同场竞技。

这次高考，姜堰的王石乡有上千人报名，其中只有三四个人上了扬州地区的分数线，获得了参加省考的资格。又过了1个月，省考也结束了。曹福亮走出考场，一下子放松了，信心很足，自我感觉不错。

当初走进考场，曹福亮只一门心思想的是考题，考完了以后他真正面临一个重要的人生选择——填报志愿。前一天早上，公社文教组下发了通知，要求第二天八点钟之前，必须把志愿填报表交到公社文教组，公社八点钟准时交到县里。当时，他填的第一志愿是南京工学院，第二志愿是镇江农机学院，第三是华东水利学院，觉得无论学什么专业，只要能考上就可以了。第二天早晨要交这个表，时间紧急，曹福亮填好表就拿给小哥哥，问，我这志愿报的怎么样？曹福稳说，先别急，王石中学的教室还贴着各大学的招生简章呢，你要有兴趣再去看看，研究研究。

事不宜迟，曹福亮赶忙来到王石中学的高中教室，黑灯瞎火的，门都锁了。从窗户往里看，隐隐约约看到墙上贴着宣传广告一样的招生简章。他在外面看不清，推了推教室的窗户，“吱呀”一声，窗户竟然打开了。曹福亮翻身进去，借着月光看那张招生简章，扫过一个个大学的名字。最终，南京林产工业学院“林学”专业像一块吸铁石一样，牢牢吸住了他的目光。

当曹福亮看到“林”这个字时，心中莫名升起一股绿意。顿时，林木繁茂的壮丽的画面闪现在他的脑海中，一棵棵粗壮的树木拔地而起，绿油油的叶片朝着太阳努力伸展，这一片森林大得一望无际，一呼吸都是清甜的纯净空气，各色鸟儿在头顶叽叽喳喳……好美的情景啊！

曹福亮细看南京林产工业学院的介绍，排名第一的专业就是林学。鬼使神差地，他提笔改了第一志愿，在南京工学院前，填上了“林产”这两个字。他后来才意识到，这两个字重若千钧，甚至关系到了他人生的走向。

忙碌的高考结束了，憧憬高远，生活依旧。曹福亮还是继续在中学代课，礼拜天依然回到生产队参加劳动。那时的他身板瘦弱，只有九十几斤，但已经是家里的主要劳力了，所有的农活都能干。有时他在耕地推多轮车，有时他又去挑砖头，四块砖一起码，一次就挑一百多斤。他还会挖河泥，夏天下河的时候穿个短裤，赤脚，一下跳进泥里，不一会儿，泥巴粘得满身都是。那段等待通知的日子，曹福亮干活越干越有劲，因为他有信心，很快就会在田垄地头看到那骑着自行车的邮差，把一张足以改变他命运的纸头送到他手里。

渐渐地，县里和乡里的喜讯越来越多，不少人都先后收到了入学通知书，只有曹福亮迟迟没接到通知书。怎么回事儿啊？曹福亮自然有些急，小哥哥曹福稳也着急，可是不知道什么原因。

曹福亮下地干活时，忍不住地往地头那条道上看。难道这次考试真的失利了？曹福亮细细回忆考场上答题的每一个细节，在头脑中把试卷做了一遍又一遍。他相信自己有实力，应该没问题。

终于有一天，曹福亮正低头在田里干农活，有村民高声喊道："福亮啊，有人给你送东西来了。"曹福亮心里咯噔一下，他赶紧回头，邮差正在路上向他招手。曹福亮赶紧拿毛巾擦了擦手上的泥，三步并作两步冲了过去。南京林产工业学院的通知书终于来到了曹福亮的身边。

曹福亮，真的考上了。

仿佛那些天的等待，那些等待的煎熬，似乎是对曹福亮的考验，让他等到成果的瞬间感觉分外地甜美。熟悉曹福亮的人知道，为了这一天，曹福亮埋头准备了许多年。梅花香自苦寒来，曹福亮在贫穷家庭中经历的所有磨难，好像都是他今天的备注，孕育着他走向成功的坚韧与动能。

曹福亮这个默默无闻的农家孩子，一下子成了高考中榜的幸运儿。在村民们羡慕的眼光中，他放下农具，穿上了新衣，拎起卷着衣被的行李，坐上长途汽车往省城去上学了，锦绣的未来在向他招手。

诚如人们常说的那句话：老天爷是公平的，即使在你的生命航程中关上了一扇门，也一定会为你再开一扇窗。曹福亮高中毕业时高考没恢复，上大学遥遥无期，他没有怨天尤人，也没有放弃目标，而是孜孜以求，努力，努力，再努力，终于用自己的双手敲开了命运“这扇窗”。

3. 求知，永无止境

曹福亮还记得，第一次踏进南京林产工业学院（1983 年恢复南京林学院名称，1985 年更名为南京林业大学，2017 年进入国家“双一流”大学建设高校行列）的大门，映入眼帘的就是宽阔笔直的大道，道路两旁绿树成荫，有松柏、水杉、梧桐等各色树种，长势茁壮，就像蓬勃生长的小小森林。南京林业大学的房舍有许多都是新建的，透露着一股崭新的气象。来自各地的学生个个意气风发，上了年纪的老师文质彬彬，谈吐得体，穿过紫金山的微风迎面扑来，真让人神清气爽、心旷神怡。

曹福亮很快就了解到，这所驰名全国林业界的林业高校来历非凡。学校的前身为创建于 1902 年的中央大学森林系和金陵大学森林系，1952 年合并组建成南京林学院。在旧中国，林业不受重视，发展缓慢。据 1948 年推算的数据显示，全国森林面积为 8280 万公顷，荒山荒地却达到 28959 万公顷，森林覆盖率仅为 8.6%。由于常年战乱、毁林垦荒、无序砍伐，中华大地的生态平衡遭受严重破坏，林业发展陷入困境。新中国成立以后，党和政府十分重视林业，把林业放在国民经济建设的重要位置，把“绿化祖国、发展林业”作为重要国策，在全国范围内植树造林，木材、竹材产量迅速增长。南京林学院是当时全国仅有的以林业为主独立设置、规模较大的三所高等林业院校之一。

作为第一批参加高考的大学生。曹福亮赶上了拨乱反正，学校恢复了正常的教学秩序，我国林业高等教育进入了崭新阶段。思想解放形成了社会氛围，曹福亮有志于林学，注定大有可为。

当曹福亮真正进入学习状态，发现大学与中学的区别太大了。在这里，林业教育课程非常扎实，学院不仅要让学生打好理论基础，还要让学生与实践紧密结合，获得工科的基本训练，掌握运算、实验、设计等基本技能及必要的工艺操作能力。曹福亮抚摸着发到手中的课本，最大的感受是时不我待。对知识的渴求，对未来的希望，全部聚集到一摞课本上了。

这一届本科生曾经是不幸的，因为“文革”时的中学阶段，几乎没有受到系统的教育，靠的都是自学。然而，他们又是幸运的，不仅有机会跨入大学校门，而且给他们上课的，都是林学专业最优秀的先生，教师队伍可谓“豪华”：留美学者、生态学家熊文愈，留苏学者、造林学家吕士行，留苏学者、育种学家王明庥，留苏学者、森林经营学教授叶镜中等。这些学识渊博的老教授，有的刚从牛棚里解放出来，有的冤假错案刚被平反，他们带着满腔热情，手执教鞭重上讲台，无一不是学科带头人、某一领域的教研室主任，名声卓著。

而今，曹福亮应邀外出讲学，提到“我的老师”总是很动情：我很敬仰这几位引领我人生方向的学术大师，敬仰他们渊博的学识，也敬仰他们做人行事的风范。直到现在，我都在感慨，一名好的教师对学生的影响不仅是学业上的，更是心灵上的，不止于读书时，甚至是终生的老师，是他们把我引领上了追寻科学的道路，确立了献身林业科学的志向。

也许经历过早年的贫穷与挫折，曹福亮倍加珍惜大学所营造的学习环境。大家公认，曹福亮学习特别刻苦用功。他觉得时间太宝贵了，应该用在该用的地方。他从不出门逛街，除了一天三顿饭，他都在抓紧时间温习功课，乐在其中。可是，曹福亮说，那时校园的学习氛围浓郁，大学生仿佛都有“知识饥渴症”，这是一个在文化断裂的年代坚持学习的人所形成的群体。恢复高考改变了以往的观念，不再靠出身，也不再听天由命，更不用由领导决定。同学们都知道，可以通过自身努力改变处境，学习根本不用催促，自然特别努力。

课堂上的曹福亮，瞪着一双求知的眼睛，恨不能把老师说的每一个字，都印在脑子里。无论哪一个老师上课，他从来都准时进教室，预习、复习，从未迟到早退过。第一次参加期中考试，他早起晚归、拼命复习，掉了好几斤肉。只要老师强调的要点，他都能一字不落地记下来。曹福亮告诉我，我们大学四年本科，很多同学都这样，没有周末，也没有寒暑假的。每天一大早，都有同学提前很久到教室抢前面几排的座位，一下课，提问题的同学往往把老师缠得几乎走不了。图书馆每天都座无虚席，遇到一些名家讲座，更是挤得水泄不通。而每天晚上，也有很多同学在长明灯的教室里学习到深夜。那时的我们都有一个紧迫的念头，就是赶紧把耽误了10年的时间补回来！

1979年，学校组织师生到黄山开展林业实习活动，这是理论课后的野外实验课，把教学的课堂搬到了大自然中。黄山不只是著名的风景名胜，也是中国天然的亚热带植物博物馆。黄山处于亚热带季风气候区，山高谷深，气候呈垂直变化，植被的垂直分带也十分明显，有1000多种植物，森林群落具有乔木、灌木和草本植物的三层完整结构，其中裸子植物的科占全国的60%，被子植物的科占全国的44.33%。还有南方红豆杉、天目木姜子等10个濒临灭绝的物种。师生们都十分看重这次走出校园，在大自然里学习的机会。

那时还在改革开放初期，风景区尚未开发，进出黄山的道路简陋，交通不便，师生们住在黄山林校，每天来回 20 多里山路，看植物，采标本。有不少同学累得气喘吁吁，脚都磨出泡了。曹福亮常年在农村劳作过，打下了耐扛的底子，反而体力很好，全程精神饱满，成了一个特例。

这么多来自南京的林学师生住在黄山林校，100 多名男生，只能挤在大教室里打地铺。有一天，跑了很多路，大家累了一天，顾不得拥挤，把被子铺在草垫上倒头就睡了。当晚，曹福亮晚上睡得太死，还总说梦话，把睡在身旁的同学都吵醒了。千军万马过独木桥，每一个考上大学的人都有自己的故事，那一代大学生个个能吃苦耐劳。

曹福亮本科毕业后留校当了教师，按照学校的要求，他留在南京林业大学的竹类研究所工作。这个竹类研究所是我国成立时间最早的专门从事竹类植物生物学特性的科研机构，研究竹类植物的生长发育、竹林生态与水文、竹类植物生物多样性、竹材解剖与材性、竹林病虫害防治、竹荪菌培育等，南方的竹乡都有他们的试验田。从 1982 年到 1986 年这 4 年里，曹福亮跟着周方纯、易世基老师，有三分之二的时间在野外从事竹林研究，几乎整天都在山上。虽是密林修竹，君子最爱之地，但无奈冬日山风凛冽，夏日蚊虫叮咬，无止无休。

在山村僻壤奔走，曹福亮似乎重新找到了干农活的感觉。他记得，自己和一位同学一起到四川凉山去采标本，要先到宜宾，再从宜宾往上走，汽车开了一天一夜才到凉山，他们坐着轮船上去，到码头下来，之后爬上一座高山，只为了寻找此山上的一种四方株种。这个地方多落后呢？晚上住的地方有一个小房间，连一张像样的床都没有，房间底下是江水，隔壁说话都可以听到，屋顶还滴滴答答漏雨，吃的就是凑合。有一个破旧的电影院，长期放映一部老电影。他们上山坐着突突冒烟的老式拖拉机，到了山脚下只能徒步爬山，一找标本就是半天。曹福亮说，那些年野外考察，我什么苦都吃过。

1984年底，国务院发布了《关于自费出国留学的暂行规定》，放宽了出国留学的条件，“出国热”很快在全国迅速升温。而那时的高校，每年都会有公派出国进修的名额，也就是教师赴国外高校做访问学者。与曹福亮同样当教师的同学有的已去过了，回国后跟老同学交流在国外的感受：碧蓝的天空，翠绿的草坪，整洁的街道，发达的设施，优美的环境……这一切老同学都说得有声有色，给曹福亮以深刻的印象。不过，曹福亮想得更远，他想到国外高校去学习，更多的是想长长见识，在专业领域里找到新的坐标，看看发达国家究竟发达到了什么地步，我们国家的林业领域跟他们相比，还有哪些差距需要追赶。

出国深造，成为曹福亮提升自我的又一个目标。为了攻克语言关，曹福亮报名参加了一个教育部的英语培训班，他每日刻苦练习英语，无论走到哪里，都随身准备着英文词典。很多人都看到过，他在宿舍、饭堂、校园的石凳上背英文单词的场景。他听说英语要听 1000 个小时的口语才有进步，白天一有空，就戴着耳机练习听力，晚上从来没有在 1 点钟前睡过觉。

1989 年，一次出国留学的机会真的来了。曹福亮被加拿大湖首大学（Lakehead University）录取为遗传育种学博士生，并获得了全额奖学金。那时的曹福亮已经在林学研究领域崭露头角，别看他只有 29 岁，由于业务能力强，校领导都很欣赏他的才干，于是学校就不乐意放行了。校领导特意找曹福亮到办公室谈话，说："小曹啊，我们国家现在正在改革开放，学校的事情多，正是需要人手的时候，你看，不是我们不放你，实在是走不开啊。"

曹福亮一心想出国深造，乘年轻的时光多学一些知识，因为他明白，只有打开视野，才能成就一番事业。然而，校领导的一番话说得很诚恳，曹福亮是一个实在人，他换位思考，也被说动了。我这次就留下来吧，如果下次还有这样的机会，希望学校一定考虑我，能够让我出去学习，我只是希望去学习国外的先进知识，在专业上缩短我们与发达国家的差距。校领导点点头，满口答应了。

4. 祖国在我心中

终于，1991 年南京林业大学为了提升师资水平，要推荐一名青年优秀教师作为访问学者公派出国进修。学校推荐了曹福亮，进修学校是享誉世界的加拿大多伦多大学。得知消息的那一刻，曹福亮感到格外兴奋。一个全新的世界正向他张开了大门。

要知道，1978 年曹福亮从农村考入南京林业大学，是第一次从老家到省城，更不要说出国了，英语只能勉强及格的他连加拿大在哪里都不知道，而 13 年后，曹福亮已经是一个学业有成的青年学者，能用流利的英语与人对话，能代表中国出国进修，他对改革开放的伟大时代充满了感激。

波音飞机载着曹福亮跨越了大西洋，大洋的另一端果然别有洞天。在那个飘着红色枫叶的国度，曹福亮在校园里心无旁骛，无暇顾及加拿大的异域风情，他很快把自己调整到学生状态，全身心地投入了听课与交流之中，如饥似渴地接受着那些全新的知识与理念。

1 年时间过得很快，曹福亮面临着人生的又一次抉择。无论科研条件，还是生活环境，国外都比当时的国内好很多。是留在发达国家，追求自我的人生价值，还是回到祖国母校，担当起中国林业科研的重任？

曹福亮毫不犹豫地选择了后者。离访学结束还有些日子，他就找到航空公司营业部，定好了回国的机票。加拿大的朋友劝他再考虑一下，毕竟机会难得，他谢谢朋友的好意，告诉他，我是中国的大学老师，学校正值用人之际，国家正值用人之际，我应该回国去做事情。

1992 年回到南京林业大学的曹福亮，满腔热情地投身于教学岗位和科研工作。新老交替是自然规律，不久，他出任了南京林业大学森林资源与环境学院副院长，1 年后晋升为院长。虽然这个学院的教师大多比他年长，但曹福亮以专业的素养和待人的诚恳，赢得了大家的认可。人们发现，曹福亮懂专业也懂管理，还是一位有组织才能的学院领导者，亲切和蔼，井井有条。

曹福亮肩头的担子重了，求知欲并没有消减。比如，他每天坚持英语的听说读写，每天早上，上班的同事经过曹福亮的办公室，就会听到他的“姜堰腔”。即使曹福亮当了院长，这样的学习模式仍在坚持。知识积累掺不了假，林学院的老师与学生都是比较勤奋的，可是同事发现，和曹福亮相比，依然远远不及他。

曹福亮经常跟身边的人说，勤奋勤奋，这个勤能补拙一点不错，你只要勤奋了，再找对了方法，什么事情都干得好。“勤奋”两个字写起来简单，而像曹福亮这样日复一日，其他人很难做到。平时行政事务多，曹福亮脱不开身，办公室来人不断。当他的研究论文和研究成果出来时，有人奇怪，他哪来的时间，而了解他的人并不奇怪，因为他在休息时间大都扑在了科研工作上。周末或节假日，学校的同事都回家了，就成了他安心做研究课题的好时候。办公室的灯光，时常亮到半夜。50 岁前，就是正月初一，家家团圆的日子，南京林业大学的校园一片寂静，曹福亮照常来到办公室，钻在科研材料里，从早上忙到天黑。

1997 年对于曹福亮来说，又是一个非常特别的年份。在南京林业大学做了几年院长的曹福亮以出色的工作业绩受到了领导的肯定。但曹福亮是一个永不满足的人，他还有一个未完成的理想，就是去世界著名学府继续深造。

曹福亮可能要出国读博士的消息传出,一时间,他担任院长的南京林业大学森林资源与环境学院震动了,惋惜之情流于言表。曹福亮德才兼备,敢于担当,刚破格当上教授,学院各项工作很有起色,是一位多么难得的院长啊。这些年他带领学院攀登科技高峰,接手创新项目,师生有劲,人心齐聚。大家都攒着劲呢,他若走了,学院该怎么办?

焦虑的学院师生主动给学校组织部门反映:请曹院长留下来,不要走!在这种情况下,曹福亮就打定主意,此次去加拿大只是攻读博士学位,学成依然留在南京林业大学为学校效力,决不食言。

为什么要出国读博?用曹福亮自己的话说:“在我人生的中年,上有老,下有小,记忆力和体力均已失去优势的情况下,我向自己发出了又一个挑战。”曹福亮已崭露头角,他因教学有方被破格聘为教授,后来又担任了院长,行政教学一肩挑,可谓前途无量,这不是自找苦吃吗?

如今,曹福亮回想当初的决断,坦诚当时也有矛盾与犹豫,但他想到更多的是中国林学领域不能故步自封。他说,我工作中深有感触,我国林业科学有些方面还不太先进,在一定程度上受制于研究方法和理念的限制。科学不分国别,研究没有疆界。中国不是有句成语叫“他山之石,可以攻玉”

么？我为什么不可以走出国门，去采集一下“他山之石”呢？

40岁的曹福亮拖着装满资料的拉杆箱，再一次来到了加拿大。加拿大的哥伦比亚大学（The University Of British Columbia，简称卑诗大学）历史悠久，位于加拿大第三大城市温哥华市郊，这所著名学府花木扶疏、绿意盎然，学校周围绵延的海岸线，山脉、森林、海洋、沙滩点缀其间，美不胜收。校内一幢幢古堡式建筑造型别致，晚上在灯光的照耀下宛若童话世界，白天在草坪与树木的掩映下，格外典雅亮丽。

来自中国的曹福亮，感受着世界名校的不同凡响。卑诗大学设有农业经济学、动物学、森林资源管理、计算机学、营养学、石油勘探工程、地理学、艺术、英语、历史、德语研究等70多个专业，拥有加拿大第二大的图书馆系统，藏书超过540万册。学校有200多栋建筑，除各类教学楼外，还包含各种餐厅、咖啡厅及酒吧，有邮局、书店、剧院、体育中心、音乐演奏厅和戏剧表演中心等等。校园规划之美，科研水平之高，给曹福亮带来的不只是视觉冲击，他思考更多的是中国的高校应该如何迎头赶上。

曹福亮的导师叫詹姆斯·皮特·金明仕，是全球数一数二的森林生态学权威。他是英国威尔士大学林学学士，加利福尼亚大学自然资源保护学硕士，耶鲁大学哲学硕士和生态学博士。作为国际著名的森林生态学家，荣获过加拿大政府最高奖（The Order of Canada），曾经是联合国教科文组织科学伦理委员会委员。

自 1969 年起，金明仕就担任加拿大卑诗大学教授。尽管在世界上名声很大，他仍亲自为学士、硕士以及林业专职人员上课，讲授森林生态学、生态系统分类学、林业环境问题、森林生态系统建模等等，研究领域涵盖了森林生态学的各个方面。全新的教学理念和从整体着手的系统森林学，让在国内研究单一植物的曹福亮茅塞顿开，耳目一新。

在曹福亮的印象中，金明仕教授亲切而又严厉，是少有的绅士学者。他的仪表永远干净整洁，精致的手表，锃亮的皮鞋，纹丝不乱的发型，讲课时激情洋溢，从声音到任何一个姿势，都能给人带来美好的享受。最让曹福亮钦佩的是金明仕教授的渊博学识，他在 20 世纪 60 年代建立的森林模型就已经十分有前瞻性了，他的教学丝毫没有枯燥乏味，而是给森林生态注入了很多哲学元素，让人听了他的课，不仅能了解森林，还会更深刻地了解世界。

让曹福亮深受启发的是，金明仕教授没有把森林孤立起来，而是把森林生态系统比喻成一个生态“剧场”，有演替阶段的生态“舞台”，有演替过程的生态“剧目”，还有各种物种扮演生态“演员”。他跟学生们强调，全世界的林业其实面临着一个伦理学的两难局面，即如何在不断变化着的社会中了解物理气候和立地因子对物种的干扰，让大家逐步了解到生态系统的概念、变化，以及生态系统的能量流动和物质循环的基本功能。

森林生态学，在当时的中国还是超前的理念，这点燃了曹福亮心中的激情。金明仕教授注重理论教学，更重视理论联系实践，在实践中丰富自己的学问，比如他用生态系统管理结合了城市的景观生态学一起研究，与学生讨论剖析人类如何才能够运用自然变化模型，更好地适应不同的空间尺度，更好地对森林景观进行经营设计，更好地解决林业争论的焦点问题。这些成熟且前沿的理论对曹福亮影响巨大，甚至成为了他后来事业发展的基石。

由于当时曹福亮的身份还是南京林业大学的院长，1997年去加拿大卑诗大学修完课，1999 年通过综合考试回国工作，从 2000 年到 2004 年间，曹福亮都利用每一个学年的寒暑假，专程前往卑诗大学学习。读博很辛苦，当同事陪家人外出游玩的时候，正是曹福亮像普通学生那样苦苦攻读的时候。他一次又一次往来于加拿大和中国，其他时间回国主持工作和写论文、做实验。曹福亮把所有的时间一掰两半，鞭策自己在科学道路上攀登。

曹福亮博士服照片

长达7年的孜孜以求，曹福亮的目标不只是学位，更是林业世界前沿的拓展思路。2004年，他通过加拿大卑诗大学研究生院的博士答辩，获得了哲学博士学位（森林生态学专业）。分别在即，一向理性的金明仕教授出人意料地表达出非常不舍的情感。他教过来自世界各地的研究生、博士生，像这样勤奋刻苦、专注治学的中国学生很罕见，尤其是曹福亮视野开阔，有攻克科技高峰的潜质。

金明仕教授把曹福亮请到办公室聊了好久，希望他能留在加拿大，帮助他一起研究森林学。曹福亮十分动情地说，感谢教授的盛情，但我的祖国需要我，我必须要回国了。金明仕教授举了很多例子，证明加拿大更适合曹福亮的发展，他们还坦诚地探讨了人生哲学。

曹福亮说，你们卑诗大学的东亚研究所门前有五块石头，上面刻着孔子的仁、义、礼、智、信，我相信教授会理解，我这次回国是继续做我的研究，我要对我的祖国和母校做一个守信的人。

金明仕教授理解地点点头，他站起身，从书架上找出自己的成名之著《森林生态学》精装本，送给曹福亮留念。他打开书本扉页，用钢笔写了一句祝福中国学者的话：但愿你有一个光明的未来。

5. 因为挚爱，所以结缘

取得博士学位的曹福亮回到了祖国，他并没有自我满足，而是感到了更多的责任。在巍巍紫金山麓、美丽的玄武湖畔，让他牵挂的母校南京林业大学，依然绿树浓荫如盖，紫湖溪波光粼粼。他觉得，虽然这里基础设施不及国外，但母校是我的根，更是我施展才华的天地。

曹福亮深深地了解，南京林业大学是近代中国林业高等教育的重要发祥地，一大批近代中国林业的开拓者云集于此，有著名林学家、共和国首任林垦部长梁希，著名林学家李寅恭、陈嵘、凌道扬、姚传法、郑万钧，著名植物学家钱崇澍、陈焕镛等。南京林业大学独立建校以后，又汇集了一大批知名学者，如著名造林学家马大浦、树木育种学家叶培忠、造园学家陈植，他们的科学成就蜚声全国，激励着一代代致力于林学科研的工作者前仆后继，奋勇向前。

时任竹类研究室主任周芳纯先生的学术研究路径对曹福亮影响巨大。周先生是我国著名的森林生态学家和竹类专家，在竹林结构、南竹北移、竹材丰产等方面做出了重要贡献。他的一生主要以竹为伴，他自幼在竹林沿溪绕屋的环境中长大，对竹子怀有深厚的情趣。尤其他看到中国有大面积的竹林，分布广，种类多，群众栽培和利用竹子的经验极为丰富，认为如果加强竹林生产、以竹代木，就大可缓解国家木材供需矛盾的压力。于是他决定从事竹子研究，并选定毛竹为其研究对象。

曹福亮在南京林业大学竹类研究室工作时，经常随周先生外出科研和考察，目睹熊先生在竹区用生态学的原理，总结群众的种植经验，在浙江、安徽、江苏、福建、江西、湖南、广西、贵州、四川等省区进行试验推广，用丰产效果赢得了广大群众的赞誉。

曹福亮的另两位老师吕士行和王明庥，都是我国著名的林学家，他们先后出版的有关杨树的专著，在社会上应用范围很广，推动了杨树的普及和应用。曹福亮也就这样不断地汲取老师们的长项，逐渐成长。

曹福亮曾经在一篇文章中写道："家乡有很多银杏树，记得最清楚的是，我家南面的一户人家有一株大银杏树，虽然长得很慢。每年都结出很多白果，我们常常用火烤着吃，很香。我家后面的一户人家有两株银杏书，树干很直，不结白果但长得特别快，树冠特别漂亮，当时我感到很奇怪，为什么同一种树，有的长得快，有的长得很慢，有的会结果，有的不结果呢？

这个疑问让他百思不得其解，他说："上大学以后，我才知道，银杏是雌雄异株，雄的长得快，雌的长得慢，雄的可生产木材，雌的可生产白果。多好的树啊。20 世纪 80 年代末至 90 年代初，农民种植银杏和企业加工银杏的热情特别高涨，银杏产业得到了空前的大发展。1992 年我从加拿大回国后，感觉到银杏要研究的内容很多。而有中国"银杏之乡"称号的三泰地区（泰兴、泰县、泰州）是我的故乡，我想做一名林业工作者，要为家乡银杏种植的发展多做一些深入的研究工作。因此，我开始把重点放在了银杏的研究上。”

曹福亮告诉我，银杏是一种非常有魅力的树。一般人看来，只感觉它春华秋实，奇叶异果，春夏葱翠蔽日，秋季满树金黄。其实深入了解，会发现它的历史源远流长。银杏起源于3亿年前，是现存裸子植物种与恐龙同时代的最古老的孑遗植物。历史上银杏的生长曾经极其繁荣，第三纪末第四纪初，北半球因寒潮而产生巨大冰川，银杏仅在受冰川影响最小的我国长江流域的群山中保存下来。大约1300年前，银杏传入朝鲜和日本，18世纪传入欧洲、美洲，进而遍布全世界。中国是世界银杏的最后天然产地和现代银杏的发源地。

曹福亮有他的思考，认为中国林学家研究银杏责无旁贷。因为，银杏是中国特有的珍贵树种，在中国被当作“宝树”，也被称为“摇钱树”，具有极高的经济、生态、观赏和科研价值。银杏对土壤条件要求不严，在中国大部分地区均可栽植。银杏全身是宝。银杏的白果营养丰富，富含多种矿物元素，数千年前就是中药材。银杏叶和银杏花粉富含活性物质和氨基酸，也是制药原料。银杏木材材质致密，纹理华美，是工艺雕刻和制作家具的良材。不仅如此，银杏枝繁叶茂，根系深广，寿命长，抗污染能力强，银杏树林可以造就良好的生态环境，是营建行道树、防护林、水源涵养林和城乡绿化的优良树种。尤其是孑遗之后的现代银杏，历经百万年以上的气候环境，表现了强大的适应能力，而且至今在形态上也很少改变。因此，研究银杏的起源、进化和发展，进行相关银杏产业的拓展和银杏文化的挖掘，具有十分重要的理论价值和现实意义。

对于银杏，曹福亮做了一番调研。当时只有少数国家生产银杏的白果，中国贡献的产量占90%以上。随着改革开放的推进，银杏产业化趋势明显，对银杏进行系统研究，注定将造福社会，前途一片光明。

1993年，泰兴县林业站与南京林业大学进行学术交流活动，曹福亮提出了系统研究银杏的想法。他觉得，泰兴有十分丰富的银杏资源，其实是守着一座金山而不知道它的价值。但是，目前银杏的第一产业存在着品种混杂、良种缺乏、栽培技术落后等许多问题，迫切需要提供优良品种和配套栽培技术体系。如果研究进行顺利，等第一产业发展成熟后，就可以展开与银杏相关的加工配套产业，银杏的花果叶等多种相关产品都可以为当地增收。当银杏种植规模壮大之后，还可以发展银杏生态旅游等相关产业……

曹福亮教授的话深入浅出，精准到位，一下子成为这次学术交流活动的焦点。泰兴林业站领导拍案叫好，银杏研究关乎银杏故乡的发展，却向来是一个学术弱项，几乎很少有科学家关注，银杏的种植和开发还处在自生自灭的状态，存在着许多理论上的空白，有谁愿意挑这个大梁？

我愿意！曹福亮的回答斩钉截铁。

太好了。泰兴与会者连连鼓掌。可是，按照当时科研项目的严格规定，南京林业大学的科研经费非常紧张，如果立项也需要时间。泰兴林业站领导当即决定，要用行动支持曹福亮把银杏研究搞起来。

会后，泰兴林业站报请县里批准，县里很快打来 1 万元专项研究经费，为南京林业大学银杏项目助力。只要项目可行，如今研究经费根本不是问题，可在 20 世纪八九十年代，"1 分钱憋死英雄汉"，不要说科研经费，就连出差的路费都是问题，这 1 万元专项研究经费就成为曹福亮从事银杏研究的最初启动资金，也让曹福亮感到了一份来自银杏故乡的信任和激励。

6. 推广一种树，激活一座城

银杏研究从哪里着手呢？曹福亮盯上了古银杏存活最

多的泰兴、邳州、郯城等地，这些地方的银杏林堪称国内外银杏种质资源最丰富的基因库。尤其是历史文化名城邳州市，它位于江苏省北部，在徐州与连云港之间。它的西北部和西南部山峦起伏，腹地河流如织。四季分明，季风显著，光照和雨量充足，主要土壤为潮土，非常适合银杏生长，种植历史可以追溯千年以上。

学生汪贵斌回忆跟随曹福亮老师外出的场景，感慨地说："曹福亮老师非常能吃苦，那时跟他去林场考察，晚上就住在一个破旧的小宾馆，里面还有老鼠跑来跑去，电灯一开，什么天牛、金龟子噼里啪啦地全在里面飞。我看了都头疼，他却一点也不害怕。我们跟着曹老师坚持在那边做实验，买包烟还要跑两千米，洗澡就是井水打起来一冲，就这样他也坚持着。我记得在宜兴，为了拍一张角度好点的树林照片，他竟然雇了一个吊车，站在吊车机械臂平台上，吊到很高的地方，从高处往下拍，我也是服了。"

1991年，曹福亮和他的研究团队到邳州。他在邳州市四处考察，发现邳州说小很小，说大也很大。小，它只是全国2800多个县级城市之一；大，国家命名的"银杏之乡"有3个县级市，江苏泰兴、山东郯城和江苏邳州，邳州占据全国银杏主产区面积的半壁江山。这里有白马寺前生长了1500年的古银杏，有上万亩的银杏林，但这里农村基础建设薄弱、经济实力落后，想让银杏产业发展壮大，要先从培育苗木开始，发展银杏第一产业。

曹福亮看中了邳州，让邳州市政府喜出望外。南京林业大学与邳州市合作，成立了以曹福亮领衔的银杏种植基因库和良种选育中心，接下来的 20 多年，他们联袂上演了波澜壮阔的银杏兴农的“大戏”。

邳州市农委赵洪亮副主任与曹福亮打了数十年交道，也因为与曹福亮团队一起开发银杏产业荣列获奖行列，这在县市农业技术人员的队伍里是极为罕见的殊荣。赵洪亮谦虚地说，他主要是占“地利”优势，提供一些数据采集、苗情记录方面的情况，但即便如此，在节气、天气、环境变化的关键当口，他常常接到这样的电话，曹校长和他的助手直接驱车到了铁富、港上镇的银杏林，采集了数据和样品后，已经行驶在回南京的路上了。

在邳州推广银杏种植，曹福亮通过考察对比，为当地选定了优良的品种。当时也有领导担心，银杏是生态项目不错，也能看到将来的收益，农民也愿意种植，可是毕竟缺乏经验，能不能请专家给他们讲一讲？他们觉得，请曹福亮这样的大专家来讲，有点不好意思，能请到曹教授的助手讲课，就可以了。接到电话的曹福亮，一点不推辞，当即决定亲自去讲课：教授嘛，就是授课的啊。铁富镇集中了所有的种植户，曹福亮给他们讲了银杏的特性与培育要领。问他们听懂了吗，农民们都说，曹教授讲得好，通俗易懂，一学就会。

曹福亮在邳州教银杏种植，结识了好些农民朋友。宋庄村的赵化友，曾经是个贫困户，包了 20 亩地种银杏，日子才好起来。这一年开春，他买了一批银杏苗，刚种下去不久就抽枝发芽了，但接着却萎靡不振，有的竟枯死了。他找到曹福亮的电话号码，含泪向曹福亮求助。利用双休日，曹福亮赶到赵化友的田头仔细察看，找到了病根，水浇得太多了，嘱咐他挖沟排水，银杏便转危为安了。赵化友后来成为种植大户，说曹福亮是他的大恩人。

赵洪亮说，曹福亮教授当了校长特别忙，可是，如果在科研试验中碰到问题，可以随时与曹福亮教授电话沟通。有几回，接到快递来的嫁接枝条，看着投递单上曹福亮手写的字体，感动得真是不知说什么好。而且，曹福亮教授来邳州，我陪他到银杏种植地考察，他都说不要惊动县领导，吃饭就在小土菜馆点两三个菜，一点也没有架子，心思都放在银杏研究上了。

曹福亮高兴地看到，银杏科研成果很快在邳州转化为实际应用。凭借南京林业大学银杏种植基因库和良种选育中心的技术支持，邳州银杏苗木市场的龙头地位逐步确立，唱响了“买银杏苗木到邳州，卖银杏苗木到邳州”的口号。邳州的银杏种植面积达50万亩、成片林面积30万亩，拥有银杏种植资源总量、优良品种培育量、标准化栽培、苗木交易量、综合加工产量等5个“世界第一”。他觉得，能帮助农民富起来，比他发表论文更有价值。

曹福亮在邳州银杏种植地考察

当邳州银杏苗木和资源形成规模以后，曹福亮团队又和邳州市政府携手，开始在全市推动银杏的第二产业：银杏资源加工业的发展。他们不止一次研讨如何拓展与银杏相关的加工范畴，银杏板材、银杏木料雕刻、银杏药物、银杏食物的制作等等。他们看到，银杏的果用、材用、叶用、花粉用等价值利用，都还只是传统意义的表层利用，需要再进行深层次开发。

2001年，曹福亮在南京林业大学银杏工程研究中心提出，既然银杏叶中有这样的活性物质，银杏（包括银杏叶）的废弃物中能否再开发提取出其他有价值的东西？于是，曹福亮带领研究团队，再次投入到银杏第二产业的研发攻关中去，废中寻宝，用提取过的叶废渣制成了银杏叶生物饲料添加剂。鸡吃了这种饲料，15天之后蛋黄胆固醇含量开始降低；猪吃了，炎症、腹泻大幅减少；奶牛吃了不会再生乳腺炎，牛奶质量大幅度提高。“银杏全身是宝”的铁律再次得到了验证。

如今，曹福亮银杏研发团队先后选育出了一些银杏优良无性系和新品种，获国家科技进步二等奖4项。取得的银杏开发技术日益成熟，已在生产中推广应用，取得了显著的生态、经济和社会效益。银杏良种和配套栽培技术在全国得到了大面积推广，如邳州银杏种植面积达到11万亩，浙江康恩贝制药股份有限公司的云南银杏叶用林基地达到8万亩，先后建成多条银杏产品生产线，经济效益显著，仅康恩贝的银杏产品年销售额就超过10亿元。

邳州市与银杏相关的第一产业和第二产业发展得欣欣

向荣。曹福亮的思考并没有止步，南京林业大学和邳州市政府还有更远大而宏伟的梦想。他们以银杏第一产业和第二产业为依托，大力向第三产业拓展，做出了推进银杏产业持续升级的决策，在邳州打造具有银杏风情的旅游示范区。

作为这个设想的设计者，曹福亮很开心，他对记者说：我在这么多年的银杏考察中，难忘两个“中国银杏第一村”。云南腾冲县江东银杏村，是汉代戍边屯田的移民所建立的古村落，这里有800多户人家和古银杏树3000多棵。桂林灵川县海洋乡，百年以上的银杏竟有1.7万多棵。两地都是名闻遐迩、富甲一方的旅游胜地，而且有共同记载，银杏种植是当地爱民的古代官坤留下的经济、政治、文化遗产。邳州也是中国的银杏之乡，拥有中国最大的银杏种植资源，他们致力于利用邳州这个大舞台，把全市打造成一座银杏产业大观园。

邳州银杏产业人观园，集衣食住行、旅游观光于一休，户外休闲、健身娱乐无所不包，充溢银杏文化元素，表达着中国文化内涵。多年后建立的邳州银杏博览园和泰兴市古银杏森林公园一样，成为国家级森林公园。而新打造的邳州“银杏小镇”，聘请曹福亮担任了名誉镇长。

曹福亮把银杏作为科技攻关的主要方向，始终与社会经济需要密切相关，交出了一份高质量的时代答卷：曹福亮带领团队建立了银杏定向育种技术体系，在花、果、叶、材、外种皮、观赏等多用途银杏新品种选育方面取得突破性成果；建立银杏定向培育技术体系，突破花、果、叶、材多用途培育技术瓶颈，推动了银杏第一产业高效发展；建立银杏加工技术体系，攻克花、果、叶、材多用途加工关键技术，促进了银杏第二产业技术的转型升级。

银杏有着无穷的研究空间，曹福亮为此呕心沥血，他用通俗易懂的语言归纳道："简单概括，就是选育好的银杏品种，建立好的栽培方法，开发好的银杏产品，促进了银杏产业链的协调发展。"

初春到盛夏，邳州银杏是绿油油的，成片的绿叶葱茏让人赏心悦目。而秋末冬初，一场风雨或一次严霜过后，邳州则抹上了深深浅浅的金黄底色。在金黄的银杏树下，铺满了金黄的银杏叶。收获的季节里萦绕着金黄色彩，满城尽带黄金甲。曹福亮推动的银杏富民方针，使邳州摘掉了贫穷的帽子，以银杏产业为龙头的工农业总产值位居全国百强县第43位。

邳州市领导对于这一切，有一个充满诗意的解释：一所大学开掘了一个传统产业，一位院士激活了一座新兴城市。

7. 科学家的人文情怀

在南京林业大学采访有关曹福亮的故事，许多人都谈到了他的人文情怀，这使我觉察到了曹福亮的不同寻常。按理说，曹福亮是一个林业专家，他的研究论文与人文学科毫不沾边，成天要跟数字或概念打交道，怎么体现他的人文情怀？当我问熟悉他的同事和学生，他们告诉我，曹福亮院士有大智慧，不像有的专家只钻自己的专业，他想到的是知识为人类造福的大目标。

曹福亮时常引用《森林生态学》的论述，导师金明仕教授语重心长："只有在学会尊重自然的生态、生物、时空多样性和人类社会的文化和社会多样性以后，我们才能够希望人类能和森林，以及我们生存环境的其他方面，建立一种可持续发展的关系。"曹福亮懂得，科学知识和人文精神，是人类进步的双翼或双轮，哪一翼太弱都无法顺利起飞，哪一轮太小都不能平稳行驶。注入人文情怀的科研方向，才能不偏不倚，使一生的工作对人类有益。

因此，曹福亮眼中的银杏，不只是一棵有研究价值的树木，而且是中国传统文化的载体。在促进银杏产业蓬勃发展的同时，曹福亮也在琢磨，如何让银杏文化世代传承下去。曹福亮一边投身于严谨的科学实验，用精确的数字探索银杏生长的奥秘，一边梳理从古至今银杏的掌故、诗词与典籍，开始在业余时间编著与银杏相关的科普类和文化类书籍。一年又一年，一本又一本。《中国银杏》《中国银杏志》《银杏》《中华银杏文化大观》……这些为中国银杏扬名立传的书籍，先后在曹福亮手中诞生。

2005 年 9 月，中国林学会通过《搜狐网》和《中国绿色时报》等媒体发起“国树”评选活动，7 个候选树种中，银杏以总票数 98.91％的赞同票而遥遥领先。林学会将此次投票结果上报了国家有关部门，提出了将银杏定为“国树”的建议。中国林科院院长江泽慧教授向曹福亮提出建议，让他编写一本图文并茂，可读性强的银杏专著，以期能够全面介绍银杏的历史、银杏景观、银杏用途和银杏文化等内容，揭示银杏的神奇与伟大，能很好地回答和解释银杏为什么被推荐为国树。为了达成这个目的，做出一本更形象，更直观，更有视觉冲击力的银杏画册，曹福亮开启了一条艰难的拍摄与选图之路。

带有权威性质的《银杏》，将引人入胜地表达银杏的起源，也表达银杏在历史、药、膳、果、材、人文、旅游、观赏、艺娱等多方面的应用。这 200 多幅图片，是曹福亮从近 2000 幅图片中精心挑选的。收集这些图片很不容易，曹福亮充分利用了几乎所有的节假日时间，足迹遍及江苏、山东、湖南、广西、湖北、浙江等银杏重点产区，还到过重庆、河南、四川、贵州、广东、福建、西藏、新疆等天然银杏群落分布区和引种区，为了拍到更多的真实照片，曹福亮翻过许多险峻的山川，到过许多偏远的乡村。

像做研究一样，曹福亮拍照片也不马虎。画册策划固然重要，但拍出理想的照片才最有说服力。他深知，越偏僻的地方，银杏资源保护得越好，这种照片也就越珍贵。书中的许多照片，都是他走一天的山路，或者乘一天的越野车、坐一天的拖拉机，历经千辛万苦拍摄回来的。

2005 年暑假，曹福亮在浙江天目山和广西的山区拍摄古银杏群落和研究基地实验林时，因山路狭窄坡陡，两次不小心从山上跌倒滑向深涧，照相机也被抛出很远。旁边的人吓出一身冷汗，所幸，只是擦伤，人无大碍，曹福亮又继续前行了。曹福亮要去云南腾冲县界头乡的白果村，拍摄千年银杏姐妹树，从昆明驱车赶往白果村，道路崎岖，出租车不愿上山，他只好雇了一辆拖拉机，经过一天颠簸，才拍到了白果银杏村姐妹树的照片。

虽然吃了太多苦，受了不少累，但曹福亮不以为意，能拍

曹福亮在工作中

一张又一张的银杏照片，他心里就很高兴，觉得非常值得。原本是个摄影的门外汉，曹福亮钻研摄影知识，从构图、用光到景深，他都一遍遍地找感觉。随着拍摄次数的增多，他由外行到内行，成了一个专业级的摄影师。

因为研究银杏，曹福亮结识了天南地北的众多同行。广西桂林灵川县海洋乡科研实验基地，在银杏研究方面多次向曹福亮求教，曹福亮也毫无保留地加以教导。一来二去，结下了深厚的友谊。海洋乡地处桂林市东部的海洋山脉中段，是著名的“中国银杏第一乡”，全乡现有银杏树 100 多万株，人均古银杏拥有量全国第一。曹福亮秋天来到海洋乡，看到银杏叶在风中舞动，就像是金黄色的风铃挂满树梢，金灿灿的，俨然一片金色的海洋。

银杏之美深深触动了曹福亮。在他的倡议下，2006年桂林正式启动了“海洋乡国家银杏森林公园”的规划设计工作。银杏画册中的不少精美照片，就是曹福亮在海洋乡起早待晚拍摄的，还有些是桂林市海洋乡乡政府推荐和提供的摄影竞赛获奖作品，为这本画册增色不少。

曹福亮发起的“银杏之约”感动了海内外同仁和亲朋好友。荷兰摄影爱好者贺尔逊先生不仅多次提供信息，还专程驾车到乌德勒支、奈梅亭、莱顿等城市为画册拍摄了欧洲现存较早的银杏。日本友人江川悦弘夫妇赶去拍了二战时期受过原子弹爆炸侵蚀而劫后重生的银杏树的照片，还亲手采摘了这棵树上的银杏果，一起寄给了曹福亮。同是林学家的赵茂程教授在韩国做博士后期间，专门到韩国一些城市拍摄了韩国的银杏照片……

朋友们对《银杏》的支持让曹福亮感念在心，他在后记中深情地写道：“春节期间，整个空气中弥漫着浓浓的喜庆，当我轻轻合上《银杏》画册校样的时候，心情舒畅了很多，因为我终于实现了自己几年来的一个心愿，出版一本全面介绍银杏的画册。之前我曾出版过《中国银杏》和《中国银杏志》，在这两本书的写作过程中，我总想通过一种更直观的方式向更多的人介绍银杏，这就是我出版这本画册的初衷。这本画册的出版凝结了很多人的心血，我希望画册的出版能更直观地让人们了解银杏，喜爱银杏。”

说起来，除了江苏邳州，曹福亮与湖北安陆也渊源颇深。安陆地处荆门、孝感、随州的“金三角”腹地，属亚热带常绿落叶阔叶混交林地带，环境幽静而景色秀美，在纵横山峦的溪涧间，时而可见古银杏傲然挺拔，有树龄三千余年的银杏寿星，有粗约六人合抱的银杏树王，有树高数十米的银杏巨人，有公孙树、母子树、夫妻树、姊妹树、空腹树、蟠龙树……

曹福亮第一次应邀来到安陆，就深深爱上了这里。曹福亮牵头的银杏科研和银杏文化的推广过程，实现了对安陆的帮扶和带动。2002 年，国家林业局命名安陆市为“全国高效经济林——银杏之乡”。2009 年，“湖北安陆钱冲古银杏国家森林公园”获准成立。这些荣誉的获得都少不了曹福亮一份功劳，安陆市正式授予曹福亮安陆市“荣誉市民”称号。

早在 2007 年，曹福亮再次应邀来安陆考察的时候，安陆市宣传部门的领导与曹福亮商量，他们说，银杏文化必须推广，可是宣传书籍太深奥了，老百姓有点看不懂，你们专家能不能写一本老百姓能看得懂的书？最好有文有图，不仅是年长的人群，要让儿童和青少年也能懂、也能学。

一句“让儿童和青少年也能懂、也能学”，让曹福亮怦然心动。也许，在旁人看来，科学家都是主攻科研大课题的，给青少年写读物，不是杀鸡用牛刀吗？曹福亮不这么认为，他觉得向青少年推广银杏文化的意义，在于诠释人与自然的关系，让青少年懂得珍惜自然、敬畏生命。要知道，怎么处理人与自然的关系是一个世界级的话题，人类犯过错误，走过弯路，特别需要有一个正本清源的认识，这也是一个科学家义不容辞的历史使命。

于是，曹福亮策划了一本面向青少年的科普读物《听伯伯讲银杏的故事》。这是一本通俗易懂的科普书，看似简单却并不简单，花费了曹福亮大量心血。前前后后，他编写了两年，到处请教一些科普作家写作的语句语气和行文特点，反复修改，仔细润色。这本书第一次面世，赶上了安陆的银杏节。书本封面上的腰封写着：“献给安陆首届银杏节。”

2009年，首届中国银杏节在湖北安陆举办。主办方是中国林业学会与安陆市政府。作为中国林学会银杏学会主任委员，曹福亮教授写出高质量的论文，似乎尽在情理之中，而他写出《听伯伯讲银杏的故事》这本书，却让许多人意外。打开书页，一行行亲切的语言跃然纸上：

亲爱的小朋友，你知道吗，地球上大约生活着50万种形形色色的植物。在这个植物世界里，有着说不完的神秘有趣的故事。

其中，有一种树，植物学家称它为“活化石”、植物界的“大熊猫”，而自古以来，老百姓亲切地叫它“公孙树”“鸭脚”。如今，更有许许多多人喜爱它，赞颂它，把它推选为县树、市树、省树，还积极提议，要把它作为中国的国树呢。

“啊，这样神奇，这样伟大，这种树到底是什么样的树呢？”

有一位喜爱刨根问底的小朋友，名叫小金果，他对这种树产生了浓厚的兴趣，大脑里充满了许多这样那样的问题。

他的伯伯是植物学专家，专门从事这种树的研究工作。为了探寻这种树的奥秘，小金果跟着伯伯，一起前往古生物博物馆、实验室、乡村田园、山川名胜，去寻找隐藏在其中的答案。这种树就是银杏。

这样的文风，这样的笔法，颠覆了曹福亮一向严谨的写作方式。而走出研究室，走向民间的传播理念，是曹福亮从事了大半辈子银杏事业后删繁就简、返璞归真的自然回归。作为一个科学家，他当然知道，攀登科技高峰是职责所在，同时也有一个职责不可或缺，就是要科普传播，要把你掌握的知识传播给社会，用最朴实的语言解读最深奥的道理，找到最容易让老百姓接受的沟通途径，让科学知识走进千家万户、走向孩子心间。

娓娓道来的口吻，活泼风趣的文字，将枯燥概念变得有滋有味，科普图书《听伯伯讲银杏的故事》一问世，就让小读者爱不释手。它的专业表述与生动表达的结合富于创新，堪称完美，荣膺第三届中国科普作家协会优秀科普作品金奖，并荣获国家科学技术进步奖二等奖。

确实是一个巨大的反差。这本获奖科普读物的作者，并不是一个以文立身的作家，而是一位成就斐然的学者——中国著名林学专家曹福亮。其实，早已著作等身的曹福亮，并不在意身后的掌声，他只是觉得宣传银杏文化也是他分内的职责，他不过是做了一个科学家应该做的事情。

科学家是有专业的，而曹福亮对专业的理解更为宽泛。一种强烈的社会责任感，一种真实的以人为本的精神，始终激励着曹福亮前行，把人民群众的福祉放在心上，不断地突破自己事业的边界。

8. 生态理念的传播使者

从银杏树下的少年，到银杏专业的研究者，曹福亮与银杏之间似乎有天然的默契。把银杏当作自己后半生的坐标，曹福亮和银杏相识愈久，相知愈深。银杏是森林生态学的天然注释，曹福亮研究的是它的成长规律，也将它那份高洁、纯粹和从容的品质，点点滴滴地吸纳于心。

在曹福亮看来，银杏是天地融合的活化石，它从恐龙时代就静静地生长在世界的角落，看潮起潮落，观世事变迁，任沧海桑田、物种变换，它就像一个智慧超凡的仙子，冷眼旁观，怡然自得，孑然独立。银杏很美，它的美是一种低调的优雅，毫无任何侵略性。人们爱它、敬它，它欣然接受；人们忽视了它、淡忘了它，它依然屹立在那里，不悲不喜。

在曹福亮的研究与推动下，成千上万亩银杏林推广开来，在大江南北装点着曾经的贫瘠土地和荒山野岭。回望这些年的实践，曹福亮有理由自豪，在中国的地图上，许多地方都已经飘动着银杏的金黄。

曹福亮仍然不满足。他觉得,种植银杏利国利民,应该更大规模地推广。他时常关注哪个地方还没有银杏。他研究气候带,哪个地方还有条件生长,苦苦研究适应不同气候的银杏新品种。终于,曹福亮做了一个十分惊人的决定,去祖国的西部做引种试验。

首先被曹福亮看中的地方是西藏拉萨地区。西藏是我国森林资源最富集的地方之一,森林面积 1490.99 万公顷,森林蓄积量 22.83 亿立方米,分别居全国第五位和第一位,但偌大的西藏地区,银杏却少得可怜。曹福亮跟西藏当地联系,提出把银杏引进西藏的想法。

2007 年,曹福亮领着他的学生,带了一批银杏树苗,第一次去西藏拉萨开启了破冰之旅,打算在林芝地区引种。

第一次到西藏,高原反应是无法避免的。曹福亮到拉萨的头几天,一天到晚头疼欲裂,要不停地吸氧。西藏林业厅工作人员劝他休息,他还是要跟林业厅的车下去考察。曹福亮和学生在西藏待了 11 天时间,看了好多地方。他置身于高原,看到西藏太美,但树林太少,气候恶劣。

一路上,道路颠簸泥泞,初到高原的人容易晕车。可是,曹福亮的注意力都在工作上。每当在路上看到新鲜的地形植被等,他都要喊停车,下车看高原植物,看气候条件,忍着身体不适考察生态环境。

2010 年，曹福亮第二次进拉萨，要解决银杏在高原的成活率问题。原来，银杏在拉萨引种后，出现了一些生长问题，不少银杏树干枯了，有的甚至没有成活。曹福亮到来后与西藏林学院的学者一起探讨，发现拉萨地区冬春的风大，会导致引种植物抽干，尤其是将要引种银杏的公园开阔地带，防风的屏障还没有建成，一到冬春季银杏会重度抽干回缩。所以，要把银杏种植在背风向阳的地方或者气候较好的立地，银杏扎下根就能茁壮成长了。

在西藏期间，曹福亮还考察了雅鲁藏布江的沙漠化和造林条件等情况。西藏林勘院院长朱雪林陪同曹福亮考察。路上突然飘起鹅毛大雪，他们一行人沿着雅鲁藏布江往珠峰去，路边尽是沙化的土地。有一天司机开车接近 10 个小时，山路像蛇一样弯弯曲曲，由于车子晃动厉害，又严重缺氧，曹福亮反应特别强烈，把同在车上的学生祝遵俊和朱雪林院长吓坏了。

幸亏车里有氧气，大家赶快让曹福亮一直吸氧。后来经过林业局的协调，曹福亮住进了当地一个乡里的诊所，西藏人都知道，此时只能静养。一行人紧张得不得了，甚至惊动了当地领导赶去看望。曹福亮一边挂水，一边说没事没事，让大家不要担心。

事实上，那天高原反应跟曹福亮不时下车考察有关系。缺氧地区最忌讳运动量大，会更缺氧。事后，曹福亮叮嘱自己的学生祝遵俊，说千万不要告诉你师母周吉玲，她要知道了，会把我们骂死的。

挂完水之后的第二天，曹福亮记挂着野外考察，说我们紧接着完成任务吧，坚持把继续考察的计划完成。那一次祝遵俊陪曹福亮到西藏来回 9 天时间。曹福亮在详尽考察后，对土地沙化的状况有了详尽了解，并提出了解决办法，尽快恢复生态。怎么恢复呢？可以采用网格固沙法，利用优化方案进行绿化，在雅鲁藏布江两侧种上了抗逆性强的绿色植物。

祝遵俊的感触特别深："我跟曹老师到西藏去，最深的感触就是他对边远地区的人民很有同情心，不管碰到什么人，都平等亲切，没有长辈和领导的架子。我陪他在全国各地跑过，每当去一些贫穷的地方，人家如果接待过于豪华，他会生气，坚决让我去协调，不允许奢侈浪费，更不希望当地领导去陪，我觉得曹老师是一个对人民有悲悯心的人，非常难得。"

前年曹福亮又在西藏建立了第一个省级院士工作站。我问曹福亮到西藏去过几次。他的回答吓我一跳，前后到过西藏10次。毕竟上高原，几乎每一次到西藏，曹福亮都有强烈的高原反应，经受了不适的折磨，但他毫不在意，身体一恢复就继续投入工作，帮助解决了银杏入藏的一个又一个技术难题。曹福亮的推动与努力已见成效，现在西藏的很多公共绿地都种上了银杏，包括林业厅的院子里都有。当银杏在高原上生存，在雪山脚下抹上一片片金黄，摄影家蜂拥而至，当地政府也认识到了银杏的独特价值，如同曹福亮所言，银杏可以种好，可以成林，与西藏的美相得益彰。

曹福亮到新疆也进行了同样的科考。之前，银杏在新疆也有，但缺乏系统规划和技术支持。而曹福亮考察伊犁的自然环境，提出银杏规模种植的引进方案，给多彩的新疆增添了一片片金黄的吉祥之云。

祖国的大江南北，无论壮阔的盆地还是磅礴的高原，渐渐都有了银杏的倩影，这份金黄的色彩中，有曹福亮的心血和笑颜。

9. 桃李无言，下自成蹊

作为著名林学权威金明仕教授的学生，曹福亮受益匪浅。当金明仕教授荣获世界林联终身奖（号称世界林业界的诺贝尔奖),他由衷地为导师高兴,因为实至名归。不过,金明仕教授像爱惜羽毛一样,爱惜自己的学术声望,曹福亮读博士时领教过导师的严格要求,绝对地六亲不认。然而,这也是金明仕教授的学生遍及世界各国,大都成就一番事业的原因。

不过,金明仕教授对中国原先并不了解。尽管对于曹福亮的欣赏,使他愿意挽留一个中国年轻学者,但对曹福亮回国的科研心存疑惑,他说得实在:在西方发达国家是能做出成绩的,而中国这么多人口,尚在温饱阶段,森林乱砍乱伐严重,你回去研究森林生态学,能有人听吗?

曹福亮和导师金明仕教授在一起

2004 年,曹福亮通过博士答辩,那时他没法回答导师的疑问。让金明仕教授没想到,时隔 15 年的 2010 年,曹福亮被任命为南京林业大学校长。2015 年 12 月，曹福亮凭借对林学专业尤其是银杏研究的杰出贡献，被增选为中国工程院院士，他成为了金明仕教授的骄傲。

当然，金明仕教授更没想到，他的《森林生态学》第 3 版由曹福亮编译，在中国成为高校“双语教学”的课程教材。

《森林生态学》是金明仕教授的成名之作，写作历时 10 多年，于 1987 年出版。由于巨大的文字撰写与整理工作，造成金明仕右手食指残疾。金明仕是有前瞻性的，《森林生态学》出版 5 年后，在 1992 年于巴西里约热内卢召开的联合国环境与发展大会上，提出可持续发展思想是人类与全球环境的新的发展模式。而金明仕的创新理论，正是森林可持续发展的整体思路。

按照金明仕教授的思路，每隔几年，他都要对书重新修订后再版。这本书在世界范围内产生了深远影响，美国、加拿大、日本、澳大利亚、新西兰、德国、法国等国的大学将其作为本科生和研究生的教学用书。当第 3 版出版后，金明仕寄给了曹福亮，这也就是导师的一片心意。

然而，金明仕接到曹福亮的回信，信上咨询中文版权转让的相关事宜，他要翻译这本书在中国出版。金明仕有些不相信：中国这样的发展中国家，林业还在起步阶段，能接受现代的森林生态学理论吗?

曹福亮作为中国林学的学科带头人,用他的扎实工作告诉导师,中国早已不再封闭,中国林学与世界先进理念接轨了。在教育部的统筹下,中国高校“双语教学”工作提上日程。作为林学及相关专业的骨干课程,森林生态学课程的“双语教学”迫切需要一本外文原版教材。在曹福亮的努力下,2015 年《森林生态学》第 3 版由曹福亮编译,在中国林业出版社出版。

金明仕教授的挑剔是出了名的,他绝不会轻易地下结论。与其说曹福亮拜他为师,让他认识了中国的学者,不如说他从曹福亮的成功之路,看到了中国的崭新面貌,尤其是新一代科技工作者的奋斗精神。

曹福亮告诉他的导师,这不是他个人的本事,而是他赶上了中国改革开放的时代,是这样的时代给了他和他的同事一个大的舞台,一个可以与世界接轨的机遇。在中国,《森林生态学》被接受并不为怪,以破坏生态换取经济效益的局面正在扭转,“青山绿水就是金山银山”的理念深入人心,重视生态文明逐步成为各级政府的共识,也逐步成为中国发展的现实。

欣闻曹福亮当选中国工程院院士,加拿大卑诗大学林学院院长给他颁发了杰出校友证书，亲切地用了他的英文名字sam(山姆)，这是国外同行都知道的英文名字。原来，曹福亮第一次去加拿当进修时，房东是一位86岁的老太太，她很喜欢曹福亮，给他起名sam，问她为什么，她说："You looks very nice."意思是，你人好。曹福亮把这份美好的祝愿收下了，他到国外就用这个英文名字，也会讲述这个名字的来历。他一向就有尊老爱幼的谦谦君子之风，他觉得一个人再有学问，也有要善良包容的感恩之心。

在曹福亮的骄人成绩背后，是他无法计算的辛勤付出。虽然曹福亮太忙了，时间根本不够用，他还担任着博士生导师，对每一个学生仍然竭尽全力地指导。他以苦为乐的言传身教，感染了许多年轻人。人们记得，曹福亮当校长期间，每次有学生毕业，他都会送他们一包种子，希望学生们在心里种上希望的种子，迎着灿烂的阳光，萌芽，开花，茁壮成长。

曹福亮的博士生告诉我，做博士论文的时候，把思路向曹老师作汇报，曹老师从大的方面指导了我。当博士论文成稿以后，我就想着应该给老师看看，所以就拿给他了。我本以为，他还有时间啊？对学生论文点头签个字就行了。可没想到，他认真地看了我的论文，凌晨2点钟还打电话跟我探讨，谈他对论文的看法和修改意见，我非常惊讶，也非常感动。

在曹福亮的身上，有一种奇妙的存在。

我发现，曹福亮的研究是细微的。他探讨学术问题时极为严谨，要对每一个数字负责，野外考察一点都不马虎，说出的每一个结论都要有依据。做他的学生，论文上任何一个错误都逃不过他的眼睛。

然而，曹福亮的思绪又是宏观的。他不拘泥于眼前，更着重于长远，甚至子孙后代。他的目光朝向世界，关注着全球林学发展的坐标，懂得人从森林里来，又回到森林里去，所做的一切是对自然的回归。

我与南京林业大学一位专家探讨曹福亮的学术方向，他认为，曹福亮是一个有大视野、有战略眼光的科学家。以前很多研究者，大都围绕着产生更高的经济效益去做科研，比如林业，肯定是围绕着速生、优质、高产去做。但曹福亮不一样，他从国家的层面考虑问题，要搞生态文明建设和美丽中国建设，不仅仅要出效益，更重要的是围绕改善生态环境去做研究。

这位专家说，曹福亮的想法与时俱进。从他荣获国家大奖的角度来看，也是围绕银杏层层递进的。他报的第一个奖跟银杏抗性机理有关，第二个奖是跟银杏的资源和良种选育有关，第三个奖是跟银杏有关的叶子、果实、木材加工，第四个国家奖是有关银杏文化的。他紧紧围绕银杏这一棵树，从培育技术、资源加工，最后到树种文化，他的银杏研究自成体系。

2010 年 4 月 30 日，曹福亮出任南京林业大学校长，在校长任命大会上，这位学者型校长的表态，不尚空谈，掷地有声："我和大家有一个共同的理想，那就是把南京林业大学建设成为一所真正的一流大学。"

担任校长的 7 年中，曹福亮先后提出"三大一深（大楼、大师、大爱，深化改革）"的发展理念、"三大一特（大森林、大生态、大环境相关学科协调发展，林学学科更加有特色）"的

曹福亮给教师颁奖

办学理念、“穿新鞋，走新路”的工作作风、“现代生态位”人才培养内涵等工作思路，为学校转变传统观念、开拓创新，科学制定规划、引领快速高质量发展起到了积极推动作用，在制度建设、学科建设、师资队伍建设、教学科研等方面都取得长足进步。

2017 年，南京林业大学进入国家“双一流”建设学校名录，实现了南京林业大学几代人的强校梦想，为学校的长期发展留足了空间。尤其是南京林业大学人建成一流大学的宏大志向，如春风化雨，已经落实在南京林业大学的校园里。

对于故乡姜堰，曹福亮的感情难以割舍：“我出生和成长在那里，我干过所有的农活，强壮了筋骨，磨炼了意志。我在农村的生活很苦，但苦中有甜，很多人关心过我，帮助过我，宽厚、包容、善良，不甘平庸，坚韧不拔，这些早年让我受益的品格，一直伴随着我前行。”曹福亮身上有太多的第一。就西官村来说，他是“文革”后的第一名大学生，唯一的大学校长，唯一的院士，而就中国林业行业而言，他也是迄今为止最年轻的院士。

我在采访曹福亮前还有一种自然形成的认知，科学家无疑是冷静的，难免理性而冰冷。然而，当我看到曹福亮对于银杏的书写，却惊讶他的文字感性而生动，理性探讨的同时不乏温暖的描述，迸射出灼烫的火花。在曹福亮的笔端，古老的银杏生机勃勃，与人们相依相伴，它是我们民族不死的魂魄，有着超越千万年的顽强活力，有着穿透时空的坚定力量。

地壳变动、火山爆发，气候骤变、冰川侵蚀，同代恐龙早成化石，而银杏却屹立中华大地沃土，千年不倒，硕果累累。或依傍悬崖峭壁，或守护古刹名寺，或湖畔屋前宅后，与中华民族同呼吸共命运。

正如古诗云："大树龙蟠会诸侯，烟雨如盖笼浮丘。形分瓣瓣莲花座，质比层层螺鬟头。"冰川把地球生物一扫而光，唯有银杏生存：强暴面前，永不低头；斗争面前，常胜将军；生命之强，绝处逢生。

"金色活化石"银杏亘古孑遗，其叶、花、果、材都可被人类妥善利用，犹如一张中国身分的名片。它源于中国，遍布全球，象征着中华民族友好万邦的君子之风。它钟情于莽莽神州繁衍生息再度走向世界，象征着华夏儿女的爱国情怀和百折不挠、万劫而不灭的意志和精神。

诗一样的比喻，散文化的文字，似乎表达着曹福亮与银杏之间的心灵默契。透彻的理解，真诚的挚爱，远远超出了科学家与研究对象的彼此对视。当人们说到曹福亮院士，很自然就会谈起银杏。在很多人看来，是曹福亮成就了银杏，发掘了银杏，使银杏之美传遍四面八方。

话又说回来，曹福亮与银杏的关系相辅相成，如他自己所言，他在成就银杏的同时，银杏也成就了他。银杏的气质、品格与精神，无声地渗入了曹福亮的骨骼，他也像银杏一样坚定不移，无私无畏，以乐于奉献的心态面对工作与生活。一棵树和一个人，就这样在漫漫岁月里相互成就，根深叶茂经得起风吹雨打，渐渐融合成了一个完整的生命。因为曹福亮院士，银杏事业生机勃勃，注定在中国银杏的发展史上镌刻浓墨重彩的华美篇章。

本文作者简介：

傅宁军，国家一级作家。其长篇报告文学《淬火青春》《大学生村官》分获第11届、第13届中宣部“五个一工程奖”；《此岸，彼岸》获第9届江苏省“五个一工程奖”，《吞吐大荒：徐悲鸿寻踪》等曾获全国报告文学大奖。“徐迟报告文学奖”“紫金山文学奖”。担任总撰稿的8集电视纪录片《血脉》获第9届中宣部“五个一工程奖”、第22届中国电视“金鹰奖”最佳长篇纪录片奖。